살아 있는 어린이 리더십

어린이를 위한 사랑의 대화법 33가지

살아 있는 어린이 리더십

어린이를 위한 사랑의 대화법 33가지

초판 1쇄 인쇄 2007년 9월 29일 ┃ 초판 1쇄 발행 2007년 10월 20일 ┃ 펴낸곳 여우오줌 ┃ 펴낸이 손상열 ┃
디자인 리젬 ┃ 등록번호 제 10-2193호 ┃ 등록일자 ┃ 2001년 7월 31일 ┃ 주소 서울시 구로구 구로5동 107-8
미주오피스텔 2동 808호 ┃ 전화 02)323-7243 ┃ 팩스 02)323-7244 ┃ e-mail ssyerl@naver.com ┃ ISBN 978-
89-90031-42-7-03800

살아 있는 어린이 리더십

어린이를 위한

사랑의 대화법
33가지

여우오줌

차례

말 잘하는 아이가 공부도 잘한다

　말 잘하는 아이는 공부도 잘할 뿐 아니라 칭찬도 독차지합니다. 수업 시간에 발표할 때 보면 또박또박 논리정연하게 대답하는 학생이 있는가 하면 얼굴이 발갛게 상기된 채 얼버무리는 아이도 있습니다. 자연히 논리정연하게 대답하는 아이는 선생님에게 좋은 인상을 심어줄 겁니다. 그러나 얼버무리는 아이는 수업 시간에 딴 짓을 했다고 오해받을 수도 있을 테지요.

　대체적으로 우리 나라 사람들은 표현력이 부족한 편입니다. 이성을 좋아해도 그 마음을 표현하지 못합니다. 집에서의 생활만 봐도 알 수 있지요. 아버지는 어머니에게 다정하기보다 무뚝뚝합니다. 여러분은 부모님이 "여보, 사랑해!" "여보, 고생이 많았지." 하고 말을 건네는 모습을 자주 보나요? 분명 그렇지 않을 테지요. 물론 그 반대의 경우도 있을 테구요.

부모님이 이런 표현을 자주 하지 않는다고 해서 그 마음까지 결코 무뚝뚝한 건 아닙니다. 부모님이 어렸던 옛날에는 오늘날처럼 마음을 표현하는 일을 부끄럽게 여겼기 때문입니다. 그런 모습을 보고 자란 자녀들은 자연히 표현력이 부족할 수밖에 없습니다.

얼마 전까지만 해도 학교 교육은 주입식이었습니다. 논리력, 표현력이 뒷전으로 밀려날 수밖에 없었지요. 그러나 요즘은 학교에서 발표와 토론의 비중을 크게 늘리고 있습니다. 대학 입시에 면접과 구술고사가 중요하기 때문입니다.

좋은 성적, 좋은 대학에 가기 위해서는 말을 잘해야 합니다. 말을 잘한다는 것은 학습 능력이 높다는 말과도 같습니다. 말이란, 조각조각 머릿속에 흩어져 있는 지식과 정보를 자신에게 맞게끔 다시 짜 맞추어 표현하는 행위입니다.

말 잘하는 아이가 왜 공부를 잘할까요? 어떻게 하면 말을 잘할 수 있을까요?

흔히 '말을 잘한다'는 것을 말을 많이 하거나 재미있게 하는 것으로 오해하는 사람들이 있습니다. 하지만 '말을 잘한다' 는 것은 생각을 논리정연하게 정리해 다른 사람들이 쉽게 알아들을 수 있도록 전달하는 것입니다. 따라서 말을 잘하는 아이는 그렇지 않은 아이에 비해 정보조합 능력과 논리력, 표현력이 높다고 할 수 있습니다. 때문에 말을 잘하면 공부도 잘할 수 있는 것입니다.

말을 잘하기 위해선 어떻게 해야 할까요? 책을 많이 읽는 것이 중요합니다. 책 속에는 다양한 지식과 정보뿐 아니라 그동안 몰랐던 단어나 잘 쓰지 않는 단어들로 가득하지요. 때문에 책을 가까이하다 보면 지식, 정보, 단어들을 머릿속에 가득 채워 넣을 수 있답니다. 가능하다면 책을 읽을 때 소리 내어 읽어보세요. 소리 내어 책 읽기는 발음 교정에 도움을 주기 때문에 자연히 말을 잘하게 도와주지요.

중요한 것은 처음부터 말을 잘하는 사람은 없다는 것입니다. 말 잘하기로 소문난 개그맨 김제동도 끊임없는 노력으로 지금의 위치에 올랐답니다. 그는 틈만 나면 신문이나 책

을 보며 중요한 문구는 노트에 베껴 쓰거나 스크랩을 했습니다. 그리고 인상 깊었던 문구를 방송에 활용했던 것입니다. 덕분에 그는 시청자들에게 달변가처럼 보일 뿐 아니라 지적으로 느껴지는 것입니다.

　여러분도 책을 가까이한다면 분명 말 잘하는 친구가 될 수 있습니다. 어디에서든 당당하고 논리정연하게 말하는 여러분이 되길 바랍니다.

2007년 10월 김태광

1장

말을 잘하면 좋은 네 가지 이유

01 자신의 감정을 제대로 표현할 수 있다

"밤하늘의 별이 마치 팝콘 튀긴 것 같아."

"엄마, 아침해는 부끄러워서 붉은 거죠?"

주위에는 말을 잘하는 친구도 있고 그렇지 않은 친구도 있습니다. 말을 잘하는 친구는 그렇지 않은 친구에 비해 많은 장점이 있답니다. 먼저 자신의 감정을 상대방에게 제대로 표현할 수 있다는 것이지요. 때문에 지금 자신이 어떤 생각을 하고 있고, 상대방이 어떻게 해주길 바라는지 별 어려움 없이 말할 수 있습니다.

반면, 표현력이 부족한 친구는 하고 싶은 말이 있어도 꾹 참기만 합니다. 상대방에게 말을 하려고 해도 주저하거나 말하는 중간에 얼버무리고 말지요. 이는 자신의 생각을 표현할 수 있는 적절한 단어가 떠오르지 않거나 논리정연하지 못해서입니다. 머릿속에 들어 있는 생각은 입을 통해 표현하지 않으면 그 누구도 알 수 없습니다. 따라서 이런 친구는 고민이 있어도 혼자서 힘들어하는 경향이 있지요.

또 감정이 앞선 나머지 자신이 하고자 하는 말의 초점이 빗나가는 친구도 있습니다. 주로 말다툼을 할 때 흔히 일어나는 일이지요. 물론 누구나 화가 나면 감정이 절제가 되지 않아 조리 있게 말하기보다 거친 말을 하게 되고 억지를 쓰게 됩니다. 그러나 이렇게 해선 잘잘못을 가릴 수 없을뿐더러 오히려 스스로 곤경에 처하게 되지요.

우리는 말다툼을 할 때 침착하게 말하지 않고 대뜸 화를 내거나 큰 소리로 말하는 사람에게 이렇게 말합니다.

"네가 뭔가 켕기니까 화만 내는 거 아냐?"

어떤 일이 있어도 화를 억누르고 감정을 절제할 수 있어야 합니다. 그래야만 자신이 말하고자 하는 바를 논리정연하게 전달할 수 있고 상대방을 설득할 수 있답니다.

미진이는 하루에 무려 학원을 4군데나 다니고 있습니다. 그래서 친구들과 놀 시간은커녕 좋아하는 동화책을 읽을 시간도 없답니다. 그래서 늘 미진이는 부루퉁한 얼굴을 하고 있지요.

하지만 이젠 학원을 한 군데 더 다녀야 할지도 모릅니다. 오늘 저녁 어머니가 이런 미진이의 마음도 모른 채 말했습니다.

"미진아, 넌 피아노 안 배우고 싶니?"

"갑자기 웬 피아노?"

"응, 수진이 엄마가 그러는데 어릴 때 피아노 배우면 집중력에 도움 된대."

수진이는 짜증을 내며 말했습니다.

"싫어, 피아노 배우기 싫어!"

그러자 어머니는 야단치듯 말했습니다.

"싫어도 할 수 없어. 집중력이 좋아야 공부도 더 잘할 거 아니니."

"뭐야, 만날 엄마 마음대로 다 하고."

하지만 결국 미진이는 어머니를 따라 동네 근처 피아노 학원을 찾아야 했습니다.

미진이가 어머니에게 논리정연하게 피아노를 배울 수 없는 이유를 말했다면 어땠을까요? "엄마, 지금도 시간이 모자라." "다른 애들은 논술 때문에 틈틈이 동화책도 읽고 하는데 나는 뭐야." 이렇게 말했다면 어머니는 '피아노 학원까지는 무리겠구나.' '맞아. 지금 우리 미진이에게 필요한 건 피아노보다 책 읽기야.' 하고 생각했을 겁니다.

하지만 미진이는 다짜고짜 피아노를 배우기 싫다고 말했습니다. 때문에 어머니는 미진이가 귀찮고 힘들어서 배우기 싫어하는 줄로 오해했던 것이지요. 이처럼 말을 어떻게 하느냐에 따라 상황을 원하는 쪽으로 이끌어갈 수도 그렇지 않을 수도 있습니다.

02 다른 친구들보다 한층 돋보인다

말 잘하는 친구는 말주변이 없는 친구보다 한층 돋보이게 마련입니다. 말주변이 없는 친구의 말은 생각이나 비유가 곁들여 있지 않아 딱딱하지요. 반면 말 잘하는 친구의 말은 표현이 풍부해서 초콜릿처럼 달콤하고 아이스크림처럼 부드럽습니다.

"얼굴이 개나리처럼 활짝 폈네. 뭐 좋은 일 있어?"

"입고 있는 옷이 마치 나비 날개 같아."

"너는 언제나 소파처럼 편안해서 좋아."

이렇게 말하면 듣는 상대방도 기분이 좋고 말하는 자신도 기분이 좋습니다. 말속에 칭찬까지 곁들여 있기 때문이지요. 칭찬 속에는 신비로운 힘이 담겨 있습니다. 그 힘은 서로의 관계를 더욱 돈독하게 해줍니다.

어떤 식으로 말하느냐에 따라 상대방에게 호감을 살 수도, 좋지 않은 감정을 살 수도 있답니다.

키가 작아서 늘 친구들에게 놀림을 당하는 친구가 있습니다. 그래서 이 친구는 자신감이 부족하고 친구 사귀는 데도 서툴답니다. 왜냐하면 상대방에게 다가가면 "넌 키가 작아서 싫어." 이런 말을 들을까봐 주저하기 때문이지요.

어떤 말로 이 친구에게 용기를 북돋아줄 수 있을까요?

말 잘하는 친구들은 이렇게 할 겁니다.

"사람은 누구나 콤플렉스가 있어. 내 콤플렉스는 엉덩이에 나 있는 커다란 점이야. 이 점 때문에 그동안 부끄러워서 목욕탕에 못 갔어. 하지만 용기 내어 가다 보니 콤플렉스는 아무 것도 아니라는 생각이 들었어. 너도 나처럼 용기를 가져봐. 내가 보기에 너는 멋있고 귀엽기까지 한걸."

"바보, 네 키 정도는 표준이야. 너보다 작은 친구들이 얼마나 많은데. 우리 아빠가 그러시던데 사람은 키보다 마음이 커야 한대. 넌 누구보다도 마음이 넓고 착하잖아."

키가 작은 친구에게 절대 "너는 키가 그것밖에 안 되니?" "땅콩만하구나." 등의 부정적인 말로 마음에 상처를 주어선 안 됩니다. 대신 사람은 외모보다 마음이 더 중요하다거나 작은 키도 너만의 매력이라는 등의 긍정적인 말을 들려줘야 합니다.

같은 말이라도 어떻게 표현을 하느냐에 따라 듣는 사람의 마음이 기쁘거나 우울해집니다. 말을 잘하는 방법 중 하나가 듣는 사람의 입장을 생각해서 말하는 것입니다. 그래야 상대방의 마음에 상처를 주는 실수를 방지할 수 있기 때문이지요.

말을 잘하기 위해선 먼저 상대방을 배려하는 마음을 가져야 합니다. 배려는 나를 위한 말보다 상대방을 생각하는 말을 하도록 해줍니다. 내가 한 말이 상대방을 기쁘게 하고 잃었던 자신감을 찾아준다면 그보다 더 기쁜 일은 없을 겁니다.

03 상황을 유리하게 이끌어갈 수 있다

말 잘하는 친구는 생각을 자유자재로 할 수 있습니다. 생각이 자유롭기 때문에 표현도 상황에 맞게 다양하게 할 수 있지요. 생각이 자유롭지 못한 친구가 구름을 보고 "하얗다"라고 표현한다면 생각이 자유로운 친구는 "마치 하얀 토끼 털 같네"라고 표현을 달리합니다. 두 사람 중에 당연히 자세하게 표현한 친구의 말이 훨씬 가슴에 와 닿습니다.

간혹 뜻하지 않게 곤경에 처할 때가 있습니다. 오해로 친구와 말다툼이 벌어졌을 때가 그런 경우이지요. 이때 말 잘하는 친구는 논리적으로 문제를 해결하려 합니다. 그래서 화가 나더라도 참고 감정을 억제해가며 논리정연하게 말을 한답니다.

반면 또 다른 친구는 화가 나 큰 소리만 내지요. 그러나 상대방은 천천히 논리적으로 말을 하기 때문에 당연히 당해낼 수가 없습니다. 다른 사람들도 두 사람의 대화를 듣고 나면 분명 논리정연하지 못하고 화만 내는 친구를 곱지 않은 시선으로 바라볼 테지요. 결국 상황이 큰 소리를 내는 친구에게 불리하게 돌아가고 마는 것입니다.

동수는 등교하다가 길에서 오천 원을 주웠습니다. 이번에 새로 나온 신권이었습니다. 동수는 수업 시간 내내 무엇을 사먹을까 하는 생각으로 기분이 좋았습니다.

그런데 2교시가 지났을 때 예기치 못한 일이 생겼습니다. 짝꿍 민지가 돈을 잃어버렸던 것입니다. 민지가 잃어버린 돈은 동수가 등교하다가 주운 돈과 액수가 같았습니다.

동수는 복도에서 싱글벙글 웃으며 아이들에게 오천 원을 보여주며 자랑했습니다.

"오늘 정말 재수 좋은 날이야. 길에서 오천 원도 다 줍고 말야."

"우와! 좋겠다."

"정말 길에서 주운 거 맞아?"

"그 돈, 혹시 민지 돈 아니니?"

"무슨 소리야? 아침에 등교하다가 주웠는데."

결국 이 이야기는 민지의 귀에 들어갔습니다. 민지는 화를 내며 동수에게 따지듯 말했습니다.

"너 그렇게 안 봤는데 정말 나쁜 애로구나."

"무슨 말이야?"

"너 아침에 길에서 돈 주웠다며?"

"응, 그런데 왜?"

"그 돈 길에서 주운 게 아니라 내 돈이잖아!"

"무슨 소리하는 거야. 난 분명 길에서 주웠다니까!"

"생각해봐. 어떻게 네가 길에서 주운 돈이 내가 잃어버린 돈과 액수가 같을 수가 있어?"

"……."

"그게 말이 된다고 생각하니?"

주위에 모여든 아이들이 웅성거렸습니다. 다들 민지의 말에 공감하는 것 같았습니다.

이때 은경이가 끼어들며 말했습니다.

"민지 말이 맞아. 어떻게 민지가 잃어버린 돈이랑 액수가 똑같니?"

"그, 그게……."

동수는 어떤 말도 할 수 없었습니다. 길에서 돈을 주울 때 자신을 본 사람이 아무도 없었기 때문입니다.

"그것 봐, 아무 말도 못하잖아. 너 이따 선생님께 다 이를 거야."

"정말 길에서 주웠다니까! 정말이야."

"어떻게 친구 돈을 훔칠 수 있어?"

"내, 내가 안 가져갔어. 정말이야!"

"넌 정말 나빠!"

친구들의 비난은 거침없이 동수에게 쏟아졌습니다. 동수는 아무리 말해도 믿어주지 않는 친구들이 얄미웠습니다.

동수는 길에서 돈을 주웠는데도 불구하고 누명을 쓰고 말았습니다. 민지가 따질 때마다 동수는 더욱 주눅이 들어 논리적으로 이야기할 수 없었지요. 하지만 그런 동수의 말은 민지에게는 구차한 변명으로밖에 들리지 않았답니다.

만일 동수가 감정을 조절해 이렇게 말했다면 어땠을까요?

"네가 잃어버린 돈이 신권이니? 아니면 구권이니?"

사실 민지가 잃어버린 돈은 낡은 구권 오천 원짜리 지폐였습니다.

동수의 질문에 민지는 이렇게 말할 테지요.

"구권 지폐야."

이제 동수가 주머니에 든 신권 지폐를 보여주면 오해는 풀릴 것입니다. 하지만 동수는 당황한 나머지 그런 생각을 할 수 없었지요. 그래서 결국 아니라고 극구 우길 수밖에 없었던 것입니다.

말을 잘하는 친구는 논리적으로 상대방을 설득할 수 있습니다. 그래서 상황을 자신에게 유리하게 이끌어갈 수 있는 것이지요. 또한 친구와 오해가 생겨도 다툼 없이 원만하게 해결하지요. 또한 말을 잘하면 다른 친구들보다 돋보일 뿐 아니라 친구들을 리드할 수 있습니다.

04 학교 생활이 더 이상 두렵지 않다

"엄마, 나 학교 가기 싫어."

"친구들이 자꾸 놀린단 말야!"

주위에 이렇게 말하는 친구가 있습니다. 이런 친구는 친구 사귀기에 많은 어려움을 겪고 있지요. 그러다 보면 자연히 학교에서 친구들과 어울리지 못해 외로움을 느끼게 됩니다. 친구들과 함께 이야기를 나누고 웃다 보면 학교 생활이 지겹지만은 않지요. 오히려 학교 생활이 더 즐겁기만 합니다.

친구를 잘 사귀는 친구들은 대부분 활달하고 적극적입니다. 그래서 처음 만나는 아이와도 어색해하지 않고 먼저 말을 걸어 친해지는 것입니다. 이런 친구들은 자신의 생각을 자연스럽게 표현하기 때문에 친구들로부터 호감을 얻지요. 당연히 주위에 친구들이 따르고 몰려듭니다.

반면 친구들과 잘 어울리지 못하는 친구들은 내성적이고 소극적입니다. 선생님이 질문하면 큰 소리로 대답하기보다 기어들어가는 목소리로 얼버무리고 맙니다. 또 처음 만나는 아이 앞에서는 쉽게 말문이 열리지 않지요. 먼저 말을 걸고 싶어도 '내가 말을 걸었을 때 저 아이가 모른 척하면 어쩌지?' 하는 걱정 때문에 주저하게 되는 것입니다.

말을 잘하는 친구는 어디를 가더라도 쉽게 친구를 사귑니다. 때문에 학교에서도 다른 아이들과 한데 어울려 지내기 때문에 학교가 놀이터처럼 즐겁기만 합니다. 또 이런 친구는 친구가 고민이 있을 경우 진지하게 들어주고 함께 나누려 하지요. 때문에 늘 친구들에게 '인기짱' 입니다.

말을 잘하면 의사표현을 제대로 할 수 있습니다. 자신의 생각을 명확하게 표현할 수 있기 때문에 자신감이 생기게 마련이지요. 그러면 자연히 부정적인 생각은 긍정적 생각으로 바뀌게 됩니다. 긍정적인 생각은 늘 적극적인 행동을 하도록 도와줍니다. 적극적인 행동은 다른 사람들에게 늘 당당한 모습으로 비춰지지요.

이처럼 말만 잘해도 남들에게 좋은 이미지를 심어줄 수 있는 것입니다. 사람은 누구나 좋은 이미지를 가진 사람과 좋은 관계를 가지려는 습성이 있답니다. 쉽게 말하면 내 눈에 좋게 비춰지는 사람과 친해지고 싶은 마음이 생긴다는 것이지요.

사람들은 청산유수처럼 말을 잘하고 싶어 합니다. 하지만 하루아침에 말을 잘할 순 없습니다. 꾸준한 노력이 필요하지요. 책을 많이 읽고 생각을 많이 하는 것도 도움이 된답니다. 또 친구들과 한 가지 주제를 가지고 토론하는 훈련을 꾸준히 하다 보면 자신도 모르게 말문이 트이게 됩니다.

지금부터 노력해서 말 잘하는 친구가 되어보세요. 그래서 누구보다 학교 생활이 즐거운 '인기짱'으로 변신해보세요.

2장

고운 말로 이미지를 좋게 하라

절망을 희망으로 바꾼 소년 _ 소설가 **찰스 디킨스**에게 배우기

『크리스마스 캐럴』, 『올리버 트위스트』 등으로 유명한 영국의 소설가 찰스 디킨스는 세계적인 작가로 손꼽히고 있습니다. 디킨스의 작품들은 소박한 평민이나 빈민, 귀족을 막론하고 누구에게나 강한 호소력을 지니고 있었습니다.

그는 유복한 가정에서 태어나 행복한 어린 시절을 보냈습니다. 그런 그가 소년이 되었을 때의 일입니다. 디킨스의 아버지는 당시 해군 경리국 사무원으로 근무하고 있었습니다. 아버지는 호인이었으나 금전 관념이 희박하여 디킨스는 소년 시절부터 빈곤의 고통을 겪었습니다. 결국 그가 열두 살 되던 해, 집은 완전히 재정 파탄 상태에 이르렀습니다. 디킨스는 학교를 그만둘 수밖에 없었습니다.

하지만 불행은 거기에서 멈추지 않았습니다. 그의 아버지는 남에게 진 빚으로 인해 투옥되었고, 이 일은 어린 디킨스에게 너무나 큰 충격으로 다가왔습니다. 그는 고통스러운 마음을 다잡고 용기를 내 구두닦이 일을 시작했습니다. 길모퉁이 한쪽에 자리 잡고 앉아 손에 까만 구두약이 묻는 것에는 신경 쓰지 않고 열심히 구두를 닦았습니다.

어린 디킨스의 구두 닦는 솜씨는 비록 서툴렀지만 마음만
은 언제나 희망으로 가득 차 있었습니다. 손님들조차 어려
운 생활 속에서도 희망을 잃지 않는 그의 모습을 기특해하
며 칭찬과 격려를 아끼지 않았습니다.

디킨스는 밤늦게까지 구두를 닦으면서도 힘든 내색을 하
지 않았습니다. 오히려 늘 휘파람을 부르거나 노랫가락을
흥얼거리곤 했습니다. 자신의 처지를 슬퍼하는 대신 노래로
달래곤 했던 것이었습니다. 그가 부르는 노랫소리는 다른
사람들의 마음까지 유쾌하게 해주었습니다.

사람들은 길을 지나다 노래를 부르며 즐겁게 구두를 닦는
디킨스를 보며 한마디씩 건네곤 했습니다.

"오늘 무슨 좋은 일이 있니?"

디킨스는 환하게 웃으며 이렇게 대답하는 것이었습니다.

"좋은 일요? 당연히 있죠. 지금 저는 희망을 닦고 있거든
요."

흠…
늘 긍정적인 사고를
가진 너는 분명
훌륭한 사람이 될 게다.

제가 늘 웃으며
구두를 닦을 수 있는 것은
구두 닦는 일이
저에게 희망을
주기 때문이에요.

15살 때 그는 변호사 사무실의 사환으로 일했습니다.

그리고 이듬해 법원의 속기사, 그리고 신문사의 통신원을 거치기도 했습니다.

그는 1837년에 완결시킨 장편 『피크위크 페이퍼스』에 이어 『올리버 트위스트』가 폭발적인 인기를 얻음으로써 작가로서 명성을 얻었습니다. 디킨스는 자신의 경험을 통해 가난한 사람들의 삶과 고통을 이해할 수 있었던 것입니다.

우리는 살아가면서 간혹 어려운 일에 부딪히기도 합니다. 그럴 때일수록 소년 디킨스처럼 희망을 가지고 긍정적으로 생각해야 합니다. 긍정적인 생각은 '할 수 있다' 는 자신감을 심어준답니다.

이런 자신감은 누군가와 말을 할 때도 묻어나지요. 자신감 가득한 얼굴은 상대방에게 좋은 인상을 심어줍니다. 그리하여 상대방이 나에게 호감을 갖게 되는 것이지요. 따라서 말을 잘하는 비결 가운데 하나가 부정적인 말보다 긍정적인 말을 하는 거랍니다.

01 좋은 첫인상을 심어줘라

　여러분은 하루에도 많은 친구들을 만납니다. 학교나 학원 등에서 친구들과 어울리고 새로 사귀기도 하지요. 그런데 어떤 친구는 유독 친구를 사귀는 데 힘들어합니다. 그 이유는 무엇일까요? 해답은 바로 '첫인상'에 있답니다. 첫인상이 좋은 친구는 편해서 누구나 쉽게 다가갈 수 있습니다. 반대로 첫인상이 좋지 않은 친구 앞에서는 왠지 모르게 불편해서 머뭇거리게 되지요.

　심리학자들이 첫인상에 대한 연구를 했답니다. 연구 결과 사람들은 다른 사람들을 평가할 때 최초 받아들인 정보를 그 이후에 받아들인 정보보다 훨씬 중요하게 생각한다는 사실이 밝혀졌답니다.

　쉽게 말하면 누군가에게 좋은 첫인상을 심어준 사람은 늘 그 사람에게 좋은 모습으로 기억된다는 말입니다. 거꾸로 생각해보면 처음 만남에서 좋지 않은 인상을 심어준 사람은 오래도록 좋지 않은 모습으로 기억되겠지요.

준호는 주위에 친구들이 많답니다. 또 어느 곳에 가더라도 친구를 쉽게 사귑니다. 반면 같은 반의 성수는 외톨이랍니다. 친구라고는 같은 아파트에 사는 현진이가 고작이지요. 하지는 성격이 모나거나 나쁘지 않답니다. 그래서 나는 '왜 둘 다 착한데 유독 준호만 친구들이 따르는 걸까?' 하고 생각해보았습니다. 그러다 두 아이를 관찰해보기로 했지요.

며칠 동안 준호와 성수의 모습을 면밀히 관찰해본 결과 그 이유를 알게 되었습니다. 준호는 늘 얼굴에 미소를 짓고 있었고 말을 할 때도 부정적인 말보다 긍정적인 말을 했지요. 특히 상대방을 배려해서 말을 하는 습관을 가지고 있었습니다.

반면 성수는 늘 못마땅한 얼굴을 하고 있었습니다. 게다가 부정적인 말을 하는 버릇이 있었지요. 또 상대방을 이해하기보다 자기 주장이 너무 강해서 상대방이 자신이 원하는 대로 따라주기만을 바랐지요. 그래서 성수는 종종 상대방과 말다툼을 하곤 했답니다.

누구나 "난 안 돼!" "난 절대 할 수 없어!" 이런 부정적인 말보다 "난 잘할 수 있어"와 같은 긍정적인 말을 하는 사람을 좋아합니다. 이런 사람과 함께 있으면 자기도 모르게 자신감이 생기고 무엇이든 잘할 수 있을 거라는 믿음이 생기기 때문이지요.

첫인상은 첫 만남 때 빠르면 3초, 늦어도 1분 안에 결정됩니다. 따라서 그 시간 안에 상대방에게 좋은 첫인상을 남겨야 합니다. 그래야 상대방이 여러분에게 호감을 갖게 되고 앞으로 계속 좋은 친구로 지내고 싶은 마음이 들게 되기 때문이지요.

여러분 중에는 좋은 첫인상을 만드는 비결이 궁금한 친구도 있을 겁니다. 너무나 간단합니다. 먼저 상대방의 눈을 쳐다보며 미소 지어보세요. 그리고 거친 말보다 다정한 어조로 말을 건네보세요. 특히 말을 할 때는 나보다 상대방의 입장에서 하고, 가급적 말하기보다 듣기를 두 배로 한다면 누구나 좋은 첫인상을 남길 수 있답니다.

좋은 첫인상을 만드는 방법에는 다음처럼 여섯 가지가 있답니다. 이대로 따라한다면 많은 도움이 될 거예요.

✽ 거울을 보고 표정 연습을 하라
✽ 반듯한 자세로 자신감을 표현하라
✽ 항상 밝은 표정을 잊지 말라
✽ 밝고 상냥하게 인사하라
✽ 상대방을 바라보며 눈으로 대화하자
✽ 상대방의 이름을 불러주자

여러분, 지금 당장 거울 앞에 서서 좋은 첫인상을 만드는 연습을 해보세요. 처음에는 힘들지 몰라도 길들여지면 일부러 연출하지 않아도 될 만큼 자연스러워진답니다.

세상의 모든 리더들은 좋은 첫인상을 지니고 있습니다. 첫인상이 좋아야 상대방에게 호감을 살 수 있기 때문입니다.

여러분도 좋은 첫인상으로 친구들에게 인기 있는 친구가 되길 바랍니다.

02 약속을 지켜라

'누구나 약속하기는 쉽다. 그러나 그 약속을 이행하기란 쉬운 일이 아니다.'

이 말은 시인 에머슨이 한 말입니다. 약속은 지키기 위해 있는 거랍니다. 따라서 약속은 어떤 일이 있어도 지켜야 하지요.

여러분 중에는 쉽게 약속을 하는 친구가 있을 겁니다. 이런 친구는 이 친구, 저 친구 모두와 약속을 해 나중에는 약속이 중복이 되어 지키지 못하곤 하지요. 결국 친구들에게 원망을 사게 됩니다.

좋은 친구가 갖추어야 할 요소 중 하나가 신뢰입니다. 신뢰는 약속을 잘 지키느냐, 못 지키느냐에 따라 나타나지요.

약속을 잘 지키는 사람은 친구들이 "○○는 믿을 수 있어."

"그동안 한 번도 약속을 어긴 적이 없어." 하고 말한답니다.

결국 이런 평판들이 모여 그 친구에 대한 신뢰를 만듭니다.

　태호는 평소 약속을 쉽게 하는 버릇이 있습니다.

　오후에 영택이에게서 전화가 왔습니다.

　"이번 주 토요일에 영화 보러 가자."

　태호는 생각도 해보지 않고,

　"응, 좋아!"

　하고 대답했습니다.

　그런데 잠시 후 학원에 갔다가 오는 길에 호영이를 만났습니다.

　호영이가 물었습니다.

　"이번 주 토요일에 생일 파티 할 건데, 올 거지?"

　이번에도 태호는 아무 생각 없이 대답해버렸습니다.

　"응, 당연하지."

그리고 토요일이 되었습니다.

태호는 친구와 영화를 보러가다가 문득 오늘이 호영이 생일이라는 것이 떠올랐습니다.

'큰일이다! 어떡하지? 한 군데는 포기해야 하는데……'

잠시 고민하다가 태호는 호영이의 생일 파티에 가기로 결정했습니다.

그리고 결국 월요일에 태호는 영택이에게 호된 질책을 들어야했습니다.

뿐만 아니라 그 일로 인해 영택이로부터 신뢰를 잃고 말았지요.

약속을 가장 잘 지키는 방법이 있답니다. 그것은 꼭 지킬 수 있는 약속만 하는 거랍니다. 또 누군가와 약속을 하기 전에 먼저 여러분의 스케줄을 꼼꼼히 살펴보세요. 그러면 '아참! 그 시간은 ○○랑 먼저 약속이 되어 있지.' 하고 먼저 다른 친구와 한 약속이 떠오를 테니까요.

신뢰는 친구 관계에 있어 꼭 필요합니다. 따라서 자신이 한 약속은 어떤 일이 있어도 지킬 수 있어야 합니다. 친구와의 우정도 신뢰가 뒷받침이 되어야 비로소 싹트기 때문입니다.

03 긍정적인 말을 하라

우리가 하는 말에도 꽃처럼 향기가 있답니다. 말은 크게 두 가지, 긍정적인 말과 부정적인 말로 나눌 수 있습니다. 긍정적인 말은 고운 말과 친절한 말, 사랑 받는 말 등이 있지요. 긍정적인 말에는 '아름다운 향기', 친절한 말에는 '따뜻한 향기' 가 깃들어 있지요.

부정적인 말은 거친 말, 자신감을 잃게 하는 말, 상대방의 마음을 상하게 하는 말 등이 있습니다. 따라서 부정적인 말에는 '심한 악취' 와 같은 냄새가 배어 있습니다.

혹 여러분 중에 "어떻게 말속에 향기가 깃들어 있어요?" 하고 묻는 친구가 있다면 이렇게 해보세요. 먼저 "널 좋아해!" "사랑해!" 하고 말해보세요. 그리고 "넌 거짓말쟁이야!" 하고 말해보세요. '널 좋아해!' '사랑해!' 라고 말할 때는 왠지 모르게 마음이 편안해지고 부드러워지는 느낌이 들지요. 그러나 '넌 거짓말쟁이야!' 하고 말할 때는 기분이 나빠지고 미운 감정마저 듭니다. 따라서 어떤 말을 하느냐에 따라 상대방에게 호감을 줄 수도, 좋지 못한 인상을 줄 수도 있답니다.

한 아이가 있습니다. 그 아이는 매사에 자신감이 부족해서 남 앞에 나서기를 꺼린답니다. 그래서 발표할 때면 더듬거려 친구들이 웃음을 자아내게 하지요.

선생님은 그 아이를 유심히 지켜보았답니다. 훗날 그 아이가 어른이 되면 사회 생활을 하는 데 있어 많은 어려움이 있을 거라는 생각이 들어서였지요. 그래서 선생님은 내성적인 그 아이의 성격을 적극적인 것으로 변화시키려고 노력했습니다.

먼저 아이가 하는 말을 지켜보았습니다. 그 아이는 긍정적인 말보다는 주로 부정적인 말을 했습니다.

"나는 잘하는 게 없어." "나도 너희들처럼 축구를 잘 했으면 좋겠어." "나는 공부도 잘 못하고……." "발표할 때가 가장 겁이 나."

그래서 선생님은 아이에게 말했습니다.

"오늘부터 선생님과 약속 한 가지 하자꾸나."

"뭔데요?"

"쉬운 거란다. 긍정적인 말만 하는 거야. '나는 못해!' '아마 안 될 거야.' 이런 말보다 '나도 잘할 수 있어.' '아마 잘 될 거야.' 하고 말하는 거란다."

선생님과 약속을 한 아이는 매일 긍정적인 말을 하려고 노력했습니다. 그동안 습관이 되었던 탓에 하루아침에 긍정적인 말만 하는 건 힘들었지요. 그래도 아이는 선생님을 실망시키지 않기 위해 노력했답니다.

그런데 한 달쯤 지났을 때 아이에게 놀라운 변화가 일어나기 시작했습니다. 늘 구경하던 아이는 이제 친구들과 운동

장에서 축구를 하고 발표할 때도 더듬거리지 않았지요. 뿐만 아니라 얼굴에는 자신감으로 가득 찼답니다.

긍정적인 말이 아이의 소극적인 성격을 적극적인 성격으로 변화시켜주었던 것입니다.

여러분, 앞으로 긍정적인 말만 하도록 노력해보세요. 긍정적인 말에는 아름다운 향기뿐 아니라 마법도 담겨 있습니다. 그것은 바로 자신감을 가득 채워주는 힘이지요. 그 힘은 무슨 일이든 척척 해낼 수 있게 해준답니다.

04 꿈과 목표를 가져라

주위에는 자신감과 의지가 넘치는 사람들이 있습니다. 이런 사람들의 특징은 '꿈'을 가지고 있다는 겁니다. 자신감과 의지가 있어야만 꿈을 이룰 수 있다는 것을 잘 알기 때문이지요.

꿈이란, 자신이 이루고자 하는 것을 뜻합니다. 예를 들어

한 아이가 의사가 되고 싶어 한다면 의사가 바로 꿈이겠지요.

의사라는 꿈을 이루기 위한 세부적인 계획도 생각해야 합니다. 꿈을 위한 계획이 있는 친구는 일일 생활 계획표를 세워 시간을 함부로 쓰지 않고 열심히 공부합니다. 또한 부모님과 상의해 스스로 학원 수업을 하고 부족한 실력을 보충합니다. 또 의사가 되기 위해서 어느 학교로 진학해야 되는지 등에 대한 고민과 결정을 빠뜨리지 않는답니다.

성공한 사람들은 모두 '꿈을 가지라'고 말합니다. 자신이 간절히 바라는 꿈은 반드시 이루어지기 때문입니다. 꿈이란 것은 자신이 이루고 싶고, 되고 싶은 것이기 때문에 그 누구보다 열심히 노력하게 마련입니다. 부모님이 "이거 해라." "저거 해라." "공부해라." 하고 잔소리하지 않아도 알아서 척척하지요. 왜냐하면 꿈을 이루고 싶기 때문입니다.

무엇보다 자신이 좋아하는 일은 싫증이 나지 않습니다. 오히려 시간 가는 줄 모른 채 즐겁게 하게 되지요. 그러다 보면 관심을 가지게 되고 누구보다 해박한 지식을 얻게 되는 것입니다.

옛날에 막노동을 하면서 살아가던 세 명의 청년이 있었습니다. 한 청년은 늘 이렇게 생각했습니다.

"아무도 알아주지 않는 막노동이나 하는 신세, 앞날도 뻔하지."

다른 청년은 이렇게 생각했습니다.

"비록 지금은 막노동을 하고 있지만 언젠가는 훌륭한 선생님이 될 거야."

또 다른 청년은 이렇게 생각했습니다.

"열심히 노력해서 반드시 큰 기업의 회장이 될 거야."

그리고 수십 년의 세월이 흘렀습니다.

첫 번째 청년은 여전히 막노동을 하면서 살고 있었습니다. 두 번째 청년은 초등학교 선생님이 되어 있었습니다. 마지막으로 세 번째 청년은 세계를 무대로 사업을 하는 큰 기업의 회장이 되어 있었습니다.

'사람은 자신이 꿈꾸는 대로 된다' 는 말이 있습니다. 자신이 어떤 꿈을 꾸느냐에 따라 그 꿈에 맞게 미래를 가꿔나가게 됩니다. 꿈이 있다는 것은 여행자에게 목적지를 안내해주는 지도와 같습니다. 반면 꿈이 없는 사람은 발길이 닿는 대로 무작정 걷는 나그네와 다를 바 없습니다. 따라서 꿈을 가진 사람은 자신이 가야할 길을 알기 때문에 좀더 값진 인생을 살 수 있답니다.

자신의 꿈이 무엇인지 아는 친구도 있고 그렇지 않은 친구도 있을 겁니다. 꿈이 있는 친구는 그 꿈을 이루기 위해 어떤 목표를 세워야 할지 고민해보세요. 그리고 아직 꿈을 정하지 못한 친구는 자신이 어떤 사람이 되고 싶은지 곰곰이 생각해보세요. 혼자 힘으로 벅차다면 부모님이나 선생님의 도움을 받아도 좋을 테지요.

꿈과 목표는 밤하늘의 북극성과 같습니다. 지금 여러분이 찾은 북극성이 훗날 여러분의 삶을 눈부시게 밝혀줄 것입니다.

05 자신의 실수를 인정하라

단 한 번도 실수하지 않을 만큼 완벽한 사람은 없습니다. 만일 실수를 하지 않는 사람이 있다면 그 사람은 분명 죽은 사람일 테지요. 죽은 사람은 어떤 말과 행동도 할 수 없으니까요.

때로 말실수로 인해 친구의 오해를 사기도 하고 시험 때 잘 알고 있는 문제를 틀리기도 합니다. 또 어머니가 사오라고 한 반찬을 잘못 사와 혼나기도 하고 약속 시간을 잊어버려 친구로부터 원망을 사기도 합니다.

민희는 달력을 보다가 잊고 있었던 수진이와의 약속이 떠올랐습니다.

'아, 맞아. 오늘 수진이와 극장에서 영화 보기로 했지.'

오늘 날짜에 작은 글씨로 '제일약국 앞 3시'라고 적혀 있었습니다.

민희는 부랴부랴 시내에 있는 제일약국 앞으로 달려갔습

니다. 간신히 약속 시간에 맞게 도착했습니다.

그런데 기다린 지 30분이 지나도록 수진이는 나타나지 않았습니다.

'어, 이상하다. 분명히 오늘 세 시에 여기서 만나기로 했는데.'

민희는 수진이가 좀 늦나 보다 하고 생각했습니다. 그렇게 기다린 지 1시간이 훌쩍 넘었습니다.

'자기가 먼저 영화 보자고 해놓고서 뭐야! 짜증 나게.'

은근히 화가 난 민희는 수진이에게 전화를 걸었습니다. 잠시 후 수진이 역시 화난 투로 전화를 받았습니다.

"나 너 기다린 지 한 시간째야. 지금 어디니?"

"무슨 소리야? 나도 지금 제일약국 앞에서 너 기다리고 있는데."

나중에 알고 봤더니 민희는 길 건너편에 있는 제일약국 앞에서 기다렸던 것이었습니다.

수진이는 짜증내는 듯한 목소리로 말했습니다.

"너는 멍청하게 왜 거기서 기다리니?"

"뭐야? 네가 장소를 제대로 알려줬어야지."

"난 당연히 네가 여기에서 기다릴 줄 알았지."

"먼저 영화 보자고 한 사람은 너잖아. 그런데 왜 네가 짜증을 내!"

그렇게 둘은 티격태격했습니다.

그 후로 민희와 수진이는 사이가 멀어지고 말았습니다.

실수에 대해 부정적으로 생각하지 말아야 합니다. 우리는 실수를 통해 '아, 이 부분이 틀렸구나.' '앞으로는 좀더 신중해야겠어.' 하고 반성하고 그만큼 성숙해지기 때문입니다.

실수를 해놓고 자신의 실수에 대해 인정을 하지 않는 친구가 있습니다. 사실 실수를 인정한다면 상대방에게 약점을 들키고 마는 꼴이 되지요. 또 부끄러운 마음도 듭니다. 그래서 끝까지 오리발을 내밀며 실수를 인정을 하지 않는답니다.

하지만 끝까지 실수를 인정하지 않는다면 친구들로부터 비난을 받게 된답니다.

"실수하는 거 내 눈으로 똑똑히 봤는데 발뺌하기는." "넌 정말 비겁해." 이렇게 친구들은 손가락질하며 멀어져갈 테지요.

반대로 "미안해, 내 실수야." "내 잘못이야." 하고 자신의 실수를 인정하면 어떻게 될까요? 친구들 또한 웃으며 "아니야, 괜찮아." "누구나 다 실수해." "그럴 수도 있지 뭐." 하며 너그럽게 눈감아준답니다.

여러분, 간혹 실수를 하더라도 절대 감추지 말아야 합니다. 떳떳하게 실수를 인정할 때 친구들은 여러분의 참모습을 발견한답니다.

06 반드시 비밀을 지켜주자

친한 친구는 그렇지 않은 친구와 차이가 있습니다. 그것은 바로 상대방을 믿고 자신의 '비밀' 을 말하느냐에 있답니다.

여러분들은 친구에게 비밀을 말했던 경험이 있을 겁니다. 그때 만일 친구가 비밀을 다른 아이들에게 말했다면 여러분은 심한 배신감을 느꼈을 테지요. 따라서 친구가 어렵게 털어놓은 비밀은 반드시 지켜줘야 합니다.

친구 관계를 깨뜨리는 원인 가운데 하나가 비밀을 지켜주지 않는 데 있답니다. 친구가 어렵사리 꺼낸 비밀을 다른 친구들에게 "이건 비밀인데 말야." "절대 다른 애들한테 말하면 안 돼." 하며 발설하곤 하지요. 이런 행동은 그 친구와 절교를 하는 행동과 다를 바 없답니다.

소희는 어머니를 따라 목욕탕에 갔습니다.

그런데 목욕탕에서 친한 친구 미선이와 마주쳤습니다. 그 순간 소희는 당황했습니다. 왜냐하면 자신의 등에 커다란 점이 있었기 때문입니다. 소희는 최대한 미선이가 등을 볼 수 없게 반대로 앉아서 씻었습니다. 그런 소희를 본 어머니가 똑바로 앉으라며 야단을 쳤습니다. 그러다 결국 소희는 미선이에게 자신의 콤플렉스인 등에 나 있는 점을 보이고

말았습니다.

'어쩌지? 미선이가 봤어.'

'분명 학교에 가서 아이들에게 말할 건데.'

미선이는 볼이 상기되어 있는 소희를 보며 미소를 지었습니다. 그러자 더욱 당황한 소희는 외면해버렸습니다. 하지만 미선이는 소희에 등에 나 있는 점을 보고 소희의 행동을 충분히 이해할 수 있었습니다.

다음 날 학교에서 소희는 미선이에게 말했습니다.

"미선아, 내 등에 나 있는 점 비밀로 해줘."

"응, 알았어. 걱정 마."

소희는 걱정되어 다시 물었습니다.

"약속하는 거지?"

"그럼, 우린 친구잖아."

미선이와 약속을 해놓고도 소희는 하루하루 가슴이 조마조마했습니다. 늘 '미선이가 말하면 어쩌지?' 하고 걱정했기 때문입니다. 하지만 1주일이 지나고 2주일이 지나도 반

아이들은 소희에게 어떤 말도 하지 않았습니다. 이 일을 계기로 소희는 더욱 미선를 믿을 수 있게 되었습니다.

우정은 믿음이라는 양분을 먹고 자란답니다. 어떤 일이 있어도 친구의 비밀을 다른 아이들에게 말해선 안 됩니다. 혹시 아이들에게 비밀을 말하고 싶은 마음이 들 때면 친구가 자신을 믿고 힘들게 비밀을 털어놓았다는 것을 기억해야 합니다.

친구가 나에게 비밀을 말한다는 것은 나를 믿는다는 뜻입니다. 때문에 친구의 믿음을 저버리는 행동은 친구 관계를 깨뜨리는 일이라는 것을 잊지 말아야 합니다.

07 확고한 가치관을 가져라

조금만 힘들면 잔꾀를 부리거나 쉽게 포기하는 사람이 있습니다. 반면 아무리 힘들어도 술수를 쓰지 않고 참고 견디는 사람도 있지요. 친구가 어려움에 처했을 때 나 몰라라 하는 사람이 있는가 하면, 자신의 일처럼 도와주는 사람도 있습니다. 쉽게 포기하지 않고 선뜻 남을 도와주는 것은 가치관이 확고한 사람들의 특징입니다. 이런 사람들은 절대 바람 부는 대로, 낙엽이 나부끼듯이 생활하지 않는답니다.

그렇다면 가치관이란 무엇일까요? 쉽게 말하면 '자신이 가장 가치를 두는 것에 대한 관점'이 가치관입니다. 거짓말을 해서라도 이익을 얻으려는 사람이 있는가 하면, 손해를 보더라도 정직함을 잃지 않으려는 사람도 있지요. 각각 가치관이 다르기 때문입니다.

사람에 따라 가치관은 정직, 검소함, 노력, 용기, 믿음 등 다양하답니다. 중요한 것은 어릴 때부터 자신이 생각하는 가치관이 무엇인지 찾아 그에 맞게 생활해야 한다는 것입니다.

고학년인 동수와 효민이, 성호가 있습니다. 이들 중 성호만 확고한 가치관을 가지고 있지요. 성호의 가치관은 정직입니다.

어느 날 성호는 동수와 효민이와 함께 길을 가다가 만 원

짜리 지폐를 주웠습니다. 동수와 동수와 효민이는 기쁨에 환호성을 질렀지요. 하지만 성호는 전혀 기쁜 표정을 짓지 않았습니다. '이 돈을 잃어버린 사람은 얼마나 마음이 아플까?' 하는 생각이 들었기 때문입니다.

동수가 들뜬 목소리로 말했습니다.

"우리 슈퍼 가서 과자 사먹자."

"당근이지(당연하지)."

그러나 성호는 고개를 저으며 말했습니다.

"이 돈은 우리 돈이 아냐. 주인 찾아 줘야지."

"무슨 소리야? 주운 사람이 임자지."

"맞아, 잃어버린 사람이 잘못이야."

성호는 끝까지 주인을 찾아 줘야 한다고 고집을 부렸습니다. 하는 수 없이 동수와 효민이도 찌푸린 얼굴을 한 채 성호를 따라 파출소로 향했습니다.

그렇게 정직을 가치관을 삼고 있는 성호 덕분에 주인에게 돈을 돌려줄 수 있었습니다.

확고한 가치관을 가지고 있으면 이런 좋은 점이 있답니다. 자신이 생각하는 가치관에 따라 말하고 행동하기 때문에 친구들이 절대 얕잡아보지 않습니다. 또 가치관이 없어 함부로 행동하는 자신들과는 다른 성숙한 행동을 하기 때문에 늘 본받으려하지요. 무엇보다 친구들의 옳지 않은 모습을 보았을 때 "이런 일은 옳지 않아!" 하며 용기 있게 말할 수 있습니다.

가치관은 여러분을 바르게 세워주는 마음속의 오뚝이와 같습니다. 지금 여러분의 마음속에 든든한 오뚝이가 있나요? 없다면 지금 당장 자신이 생각하는 가치관이 무엇인지 곰곰이 생각해보세요.

08 항상 미소 지어라

쾌활하고 성격이 좋은 친구들은 항상 미소 짓는 얼굴을 하고 있습니다. 혹 누군가 싫은 소리를 해도 웃음으로 받아넘기지요. 반면, 내성적이거나 활달하지 못한 성격의 친구들의 얼굴에는 그늘이 져 있답니다. 마치 부모님이나 선생님에게 야단맞은 듯한 표정을 하고 있지요.

이들 중 누가 더 다가가기에 편할까요? 그렇습니다. 항상 미소 짓는 얼굴을 하고 있는 친구일 테지요. 미소 짓는 얼굴에는 어떤 불편함도 경계심도 느낄 수 없습니다. 그래서 처음 만났더라도 "안녕!" 하고 인사를 건네면 "안녕!" 하고 응답해줄 것 같은 생각이 듭니다.

무언가 불만이 쌓여 화가 난 듯한 얼굴을 한 친구는 어떨까요? 자꾸만 다가가기가 망설여지고 피하게 되지요. 화난 듯한 표정이 마치 "너 나한테 말 걸면 각오해!" 하고 경고하는 것 같기 때문입니다. 그래서 친해지고 싶은 마음이 있어도 거리를 두게 되는 거랍니다.

내가 사는 이웃집에 쌍둥이 형제가 있습니다.

형의 이름은 종수, 동생은 종현이랍니다. 그런데 키와 몸무게는 거의 똑같은데 성격은 극과 극이랍니다. 종수는 늘 얼굴에 미소를 머금고 있는데 반해 종현은 항상 불만에 차 있는 표정을 짓고 있지요.

어른들에게 인사할 때 종수는 환하게 웃으며 큰 소리로 "안녕하세요!" 하고 인사를 건넵니다. 그러나 종현이는 잔뜩 움츠린 채 기어들어가는 목소리로 인사를 합니다. 그러면 어른들은 종수에게는 "누굴 닮아서 인사성이 밝은지 몰라." 하며 칭찬을 하지만 종현이한테는 "너 또 엄마한테 혼났니?" 하고 물어봅니다.

쌍둥이 형제는 학교 생활에서도 반대랍니다. 잘 웃는 종수는 늘 친구들에게 둘러싸여 인기를 독차지합니다. 그래서 다투는 법이 없고 친한 친구들이 많지요. 반대로 종현이는 늘 조용히 혼자 앉아 있곤 합니다. 또 때로 다른 아이들이 종현이를 놀려대거나 괴롭히곤 하지요.

선생님께서도 내성적인 종현이보다 씩씩하고 잘 웃는 종수에게 더 많은 심부름을 시킵니다. 그래서 종수는 선생님

으로부터 자주 칭찬을 듣는답니다.

 사람은 누구나 미소 짓는 사람을 좋아합니다. 그런 사람과 함께 있으면 왠지 모르게 기분이 좋아집니다. 또 덩달아 잘 웃게 되지요. 따라서 항상 미소 짓는 얼굴을 하는 친구는 상대방에게 좋은 이미지를 심어줄 수 있습니다. 그 이미지는 상대방의 마음속에 '편안한 친구' '좋은 성격' '활달한 친구' 로 남는답니다. 그래서 미소 짓는 친구들은 그렇지 않은 친구들보다 친구를 사귀는 데도 별 어려움이 없답니다. 그들이 자신을 좋게 보기 때문이지요.

 좋은 친구들을 많이 사귀려면 자주 미소 지어보세요. 웃으면 꽃향기가 벌과 나비를 불러모으듯이 자연스레 좋은 친구들과 친해진답니다.

09 나보다 상대방을 치켜세워라

"벼는 익을수록 고개를 숙인다"는 말이 있습니다. 여기에는 상대방보다 지식이 많더라도 겸손함을 잃지 말라는 뜻이 담겨 있답니다. 누구나 겸손한 사람을 좋아하게 마련입니다. 겸손함과 더불어 상대방을 치켜세워 주는 미덕이 있다면 어떨까요? 사람들로부터 많은 관심과 사랑을 받을 것입니다.

주위를 둘러보면 조금 안다고 잘난 체하는 친구가 있습니다. 이런 친구는 말끝마다 이런 투로 말하지요.

"넌 그것도 모르니?" "무식하긴." "넌 도대체 할 줄 아는 게 뭐니?"

이런 말을 들은 상대방은 무척 기분이 나쁠 것입니다. 그리고 마음속으로 '그래, 너 잘 났다.' '겨우 그거 하나 좀 하는 걸 가지고 까불긴.' 하고 부득부득 이를 갈 테지요. 그러면서 '언제 걸리기만 해봐!' 하면서 앙갚음을 할 날만을 기다릴 겁니다.

여러분이 친구들보다 야구나 축구를 잘할 수 있을 겁니다. 또 노래를 잘 부르거나 공부를 잘할 수도 있겠지요. 또 그림에 소질을 가지고 있을 수도 있을 겁니다. 그러나 친구들보다 뛰어나다고 해서 절대 잘난 체해선 안 됩니다. 잘난 체하는 순간 친구들은 마음속으로 흉을 보게 될 테니까요. 그 대신 이렇게 해보세요.

만일 여러분이 그림에 소질이 있다면 미술 시간에 주위 친구들의 그림을 봐주며 "우와! 정말 잘 그렸다." "화가 해도 되겠어." 하고 치켜세워 주세요. 또 축구를 잘한다면 친구들에게 "너는 찬스도 못 살리니?"라고 말하기보다 "저번보다 훨씬 잘하는데." "네가 슛을 날릴 땐 마치 꼭 박지성을 보는 것 같아." 하며 치켜세워 주세요. 그러면 칭찬을 들은 친구는 분명 하늘을 날 듯이 기분이 좋을 겁니다. 그러면 자연히 칭찬을 들은 친구들도 여러분에게 진심으로 "아냐, 사실 네가 그림 더 잘 그리는데 뭐." "나도 너처럼 축구를 잘하고 싶어." 하고 말할 것입니다.

누구나 칭찬듣기를 원합니다. 누군가가 나를 칭찬해준다는 것은 나에게 관심을 가지고 있다는 뜻이기도 하지요. 그래서 사람들은 칭찬을 해주는 사람을 좋아합니다.

리더들은 자신을 낮추고 상대방을 치켜세워 줍니다. 그래야 다른 사람들에게 미움을 사지 않을뿐더러 오히려 다른 사람들이 자신을 높여주기 때문이지요. 이는 상대방에게 하나를 주고 두 개를 받는 것과 같답니다.

여러분, 잘난 체하는 친구는 미운 오리 새끼가 된다는 것을 잊지 말아야 합니다. 하지만 겸손함과 상대방을 높여줄 줄 아는 친구는 아름다운 백조가 된답니다.

10 절대 남의 흉을 보지 말자

남의 흉을 보는 일보다 어리석은 짓은 없습니다. 내가 몰래 다른 친구의 흉을 보면 머지않아 그 친구의 귀에 들어가

게 된답니다. 그 친구도 화가나 다른 아이들에게 나의 흉을
보게 되지요. 결국 남의 흉을 보는 일은 자신의 흉을 보는 일
과 다를 바 없습니다.

　대부분 상황이 자신에게 불리해지거나 상대방에게 서운
한 점이 있을 때 남의 흉을 봅니다. 흉을 봄으로써 불리한 상
황을 유리하게 만들거나 서운하게 한 상대방에게 상처를 주
기 위해서이지요.

　신혜와 정애는 누구보다 친하게 지내왔습니다. 그런데 신
혜의 생일날 감기에 걸려 생일파티에 가지 못했습니다. 하
지만 신혜는 자신의 생일파티에 오지 않은 정애가 얄미웠습
니다.

　'분명 다른 친구들이 많이 온다고 하니까 샘나서 일부러
안 왔을 거야.'

　정애가 아무리 신혜에게 그날 몸이 아파서 가지 못했다고
말해도 곧이듣지 않았습니다. 결국 둘은 차츰 사이가 틀어
지고 말았습니다.

오래전에 정애는 신혜에게 비밀을 털어놓았던 적이 있었습니다.

"나 비밀 있어."

"뭔데?"

"아무한테도 말 안 할 거지?"

"당연하지, 친군데."

"사실 우리 엄마 친엄마 아니야."

"그러면?"

"새엄마야."

하지만 신혜는 정애의 비밀을 아이들에게 말하고 다녔습니다. 자신의 생일파티에 오지 않은 정애에게 앙갚음을 하기 위해서였습니다.

며칠 지나지 않아 정애가 자신의 비밀을 신혜가 아이들에게 말했다는 것을 알았습니다. 그 순간 정애는 신혜에게 배신감마저 느꼈습니다. 그리고 정애도 신혜의 아버지가 의족을 한 '고무다리 아빠' 라고 아이들에게 말했습니다.

그렇게 둘은 친한 사이에서 서로의 흉을 보는 관계로 변하고 말았습니다.

남을 아프게 하는 말속에는 가시가 들어 있습니다. 하지만 이 가시는 장미꽃 가시처럼 찔리면 나만 아픈 것이 아니라 상대방까지 아프게 한답니다. 때문에 내가 먼저 말로써 남을 아프게 하면 그 고통은 분명히 나에게도 돌아옵니다.

절대 남의 흉을 봐선 안 됩니다. 간혹 친구가 밉거나 원망스러운 나머지 흉을 보고 싶은 마음이 들 때도 있을 겁니다. 하지만 그때 흉을 보기보다 다른 친구들에게 좋은 점을 칭찬해보세요. 그러면 분명 그 칭찬은 그 친구의 귀에도 들어갈 테고 더욱 돈독한 사이가 될 테니까요.

11 친절해지자

친절한 친구와 함께 있으면 마음이 편안해집니다. 마치 오래 신어서 발에 익숙한 운동화처럼 불편함이 없지요. 내가 친구에게 어떤 부탁을 해도 다 들어줄 것 같아 마음이 놓입니다.

반면 불친절한 친구와 함께 있으면 마음이 불편합니다. 마치 가시방석에 앉은 것처럼 좀처럼 마음이 놓이지 않지요. 또 친구에게 부탁할 일이 있어도 망설이게 됩니다. 혹시 '거절하면 어쩌지?' 하는 두려움 때문이지요.

항상 밝게 웃고 친절한 사람은 사람들로부터 인기가 많습니다. 내가 그 친구를 편안해하고 좋아하듯이 다른 아이들도 그 친구를 좋아하기 때문입니다. 그래서 인기가 좋은 친구들을 살펴보면 성격이 밝고 친절하다는 것을 알 수 있답니다.

비바람이 몰아치는 늦은 밤이었습니다. 노부부가 지방의 어느 호텔에서 호텔 종업원에게 물었습니다.

"미처 예약은 못했지만 혹시 빈방이 있습니까?"

"죄송합니다만, 지금은 만원이어서 빈방은 없습니다."

"예, 알겠습니다."

노부부가 힘없이 발길을 돌리려 할 때 종업원은 말했습니다.

"잠시만 기다려주시겠습니까? 제가 다른 호텔에 방이 있는지를 알아봐 드리겠습니다."

하지만 어느 호텔에도 방이 없었습니다. 잠깐 고민을 한 후, 종업원은 노부부에게 말했습니다.

"객실은 없습니다만, 지금 비도 오고 새벽 시간이니 누추하지만 제 방에서 주무시면 어떨까요?"

"말씀만이라도 고맙습니다."

처음에는 노부부는 사양했습니다. 하지만 종업원의 호의를 거절할 수 없어서 작은 방에서 하룻밤을 보냈습니다.

다음날 아침, 노신사는 종업원에게 말했습니다.

"당신은 미국에서 제일 좋은 호텔의 사장이 돼야 할 분 같군요. 당신을 위해 언젠가 호텔을 하나 지어드리도록 하지요."

"......."

종업원은 노신사가 하는 말을 그냥 흘려들었습니다.

그런데 2년이 지난 어느 날이었습니다. 종업원은 한 통의 편지를 받았습니다. 그때의 노신사로부터 온 편지에는 자신을 방문해 달라는 내용과 함께 뉴욕 행 왕복 비행기 티켓이 들어 있었습니다.

노신사는 뉴욕에 도착한 종업원을 데리고 중심가로 갔습니다. 노신사는 대리석으로 만든 궁전 같은 호텔을 가리키며 물었습니다.

"이 호텔을 본 느낌이 어떠세요?"

젊은이는 놀란 눈을 한 채 대답했습니다.

"이처럼 크고 멋있는 호텔은 난생 처음 봅니다."

노신사는 미소 지으며 말했습니다.

"이 호텔은 당신을 위해 내가 지은 것입니다."

호텔 직원은 자신이 베푼 친절 때문에 근사한 호텔의 주인이 될 수 있었습니다. 이것은 바로 친절이 낳은 기적과도 같

은 일입니다. 만일 노부부에게 친절하지 않았다면 호텔 직원은 평생 종업원으로밖에 살 수 없었을 테지요.

여러분 친구들이 묻거나 부탁을 할 때는 친절하게 대해주세요.

"응, 내가 쉽게 설명해줄게." "응, 맞아 그렇게 하면 돼."

이렇게 친절하게 말하는 동안 친구들은 여러분을 마음이 따뜻한 친구로 기억하게 될 겁니다. 언제나 변함없는 우정을 나누고 싶은 그런 친구 말이에요.

3장

상대방을 내 편으로 만드는
말하기 기술

신발 제조공의 아들 _ 링컨 대통령에게 배우기

링컨의 아버지 토머스 링컨은 1637년 영국에서 이민 온 직공의 후예로 신발 만드는 일을 했습니다. 링컨이 대통령에 선출되었을 때, 그 사실을 알게 된 상원의원들은 매우 충격을 받았습니다. 대부분 높은 학력에 명문 귀족 출신이었던 상원의원들은 신발 제조공 집안 출신에다 제대로 학교도 다니지 못한 링컨 밑에서 일해야 한다는 것을 내심 불쾌하게 생각하고 있었습니다.

어느 날 링컨이 상원의원들 앞에서 취임 연설을 하게 되었습니다.

링컨이 단 앞에 서서 막 입을 열려 할 때였습니다. 거만해 보이는 한 상원의원이 일어나 링컨을 향해 말했습니다.

"당신이 대통령이 되다니 정말 놀랍습니다. 하지만 당신의 아버지가 신발 제조공이었다는 사실을 잊지 마시길 바랍니다. 가끔 당신의 아버지가 우리 집에 신발을 만들기 위해 찾아왔습니다. 이 신발도 바로 당신 아버지가 만든 것입니다."

그러자 여기저기서 킥킥거리는 웃음이 새어나왔습니다.

링컨의 눈엔 눈물이 가득 고였습니다. 그러나 그것은 결코 부끄러움의 눈물이 아니었습니다.

링컨은 감정을 억제해 부드러운 목소리로 말했습니다.

"고맙습니다. 의원님 때문에 한동안 잊고 있던 내 아버지의 얼굴이 기억났습니다. 내 아버지는 신발 제조공으로 완벽한 솜씨를 가진 분이셨습니다. 나는 아버지의 실력을 뛰어넘을 수 없었습니다. 다만 아버지의 위대함을 따라잡으려 노력할 뿐이었습니다. 나의 아버지는 많은 귀족들의 신발을 만드셨습니다. 여기 이 자리에 모이신 분들 중엔 내 아버지가 만드신 신발을 신으신 분들도 계실 겁니다. 만약 신발이 불편하다면 언제든지 저에게 말씀해 주십시오. 아버지의 기술을 옆에서 보고 배웠기에, 조금은 손봐드릴 수 있을 겁니다. 나는 아버지의 아들입니다. 내 아버지가 만드신 신발을 최선을 다해 고쳐 드리겠습니다. 물론 제 솜씨는 돌아가신 아버지에 비교될 수 없습니다만……."

링컨의 이야기가 끝나자 모든 상원의원들은 숙연해졌습

니다. 그러자 그에게 거만한 투로 말을 했던 상원의원은 부끄러운 나머지 고개를 들 수 없었습니다.

링컨 대통령은 자신을 비웃는 상원의원의 말에 화가 났습니다. 하지만 겉으로 화를 내지 않았습니다. 만일 그 상원의원을 향해 화를 낸다면 자신도 똑같은 사람이 되기 때문이지요. 그 대신 마음을 가라앉히고 부드러운 목소리로 말했습니다. 그러자 그에게 거만한 투로 말을 했던 상원의원은 부끄러운 나머지 고개를 들지 못했습니다.

상대방이 나에게 함부로 말한다고 해서 똑같이 따라해선 안 됩니다. 오히려 상대방에게 부드러운 목소리로 칭찬을 해보세요. 그러면 상대방은 상원의원처럼 부끄러워 더 이상 함부로 말하지 않게 된답니다.

01 내가 먼저 말 걸기

주위를 둘러보면 유난히 사교성이 좋은 친구가 있습니다. 이런 친구는 어떤 아이와 어울려도 금세 친한 친구가 되지요. 또 낯선 곳에 가더라도 절대 불편해하지 않습니다. 그 친구의 뛰어난 사교성이 다른 아이들을 내 친구로 만들어버리기 때문입니다.

그렇다면 사교성은 무엇을 말하는 걸까요? 남과 사귀기를 좋아하거나 쉽게 사귀는 성격을 사교성이라고 합니다. 어른들이 "우리 애는 사교성이 좋아서 친구들이 많아요." 하는 말을 들었을 겁니다. 또 "우리 애는 사교성이 너무 없어서 큰일이에요." 하는 말도 들었을 테지요.

대부분 사교성이 많은 친구들은 성격이 활달하고 잘 웃는 편이랍니다. 또한 자신감도 넘치지요. 그래서 처음 만난 아이들에게도 편하게 다가갈 수 있답니다. 반면 사교성이 부족한 친구들은 성격이 온순하다 못해 내성적인 편입니다.

그래서 단연 자신감도 떨어져 낯선 아이들에게는 쉽게 다가가지 못하지요.

그렇다면 어떻게 하면 사교성이 많은 친구가 될 수 있을까요? 그것은 바로 상대방이 나에게 말을 걸어오기를 기다리지 말고 내가 먼저 말 걸기를 하면 된답니다.

호영이는 평소 내성적인 탓에 친구가 단 한 명밖에 없습니다. 그 친구는 바로 활달한 성격의 순태랍니다. 순태는 사교성이 좋아서 호영이와는 달리 친구들이 많습니다.

이런 순태를 볼 때면 호영이 어머니는 이렇게 말합니다.

"우리 호영이도 순태처럼 사교성이 좋으면 얼마나 좋을까?"

이런 말을 들을 때마다 호영이는 더욱 소극적인 성격으로 변해갔습니다.

어느 날 순태가 호영이의 집으로 놀러왔습니다. 그때 마침 호영이는 혼자 외롭게 컴퓨터 게임을 하고 있었습니다.

"호영아, 우리 나가서 애들이랑 야구하자."

"싫어, 난 게임할 거야."

"야구가 게임보다 더 재밌어. 같이 하자."

"싫은데……."

호영이는 마지못해 순태를 따라 학교 운동장으로 갔습니다. 운동장에는 다른 아이들도 있었습니다.

순태가 아이들을 호영이에게 한 명씩 소개해줬습니다. 그리고 곧 편을 나누어 야구를 했습니다. 야구가 시작되자 호영이는 야구가 게임보다 더 재미있다는 것을 알게 되었습니다. 그리고 서로 함께 공격하고 수비하다 보니 다른 아이들과 얘기도 주고받게 됐습니다. 덕분에 집에 돌아갈 무렵이 되었을 때는 오래 알고 지낸 친구들처럼 친해져 있었습니다.

집으로 돌아오면서 호영이가 물었습니다.

"순태야, 정말 이상해."

"뭐가?"

"오늘 네 친구들 처음 봤는데, 편하고 좋아."

그러자 순태는 웃으며 말했습니다.

"당연하지. 네가 그 친구들한테 먼저 편하게 대해줬으니까."

"그랬나?"

호영이는 말은 그렇게 하면서도 내심 의아해했습니다. 그때 순태가 말했습니다.

"호영아, 친구들 사귀는 법 하나 알려줄까?"

"뭔데?"

"그건 바로 상대방이 먼저 말 걸어오기를 기다리기보다 네가 먼저 다가가 말을 거는 거야."

"……."

"아까 네가 함께 야구했던 아이들과 쉽게 친구가 될 수 있었던 것은 네가 먼저 말을 걸었기 때문이야."

"아, 그렇구나."

호영이는 집에 돌아와 가만히 생각해보았습니다. 정말 순태의 말대로 자신이 먼저 아이들에게 말을 걸었던 모습이 떠올랐습니다.

물론이지.
좋은 친구를 사귀려면
먼저 말을 걸어봐.

엄마 제가 먼저
말을 걸어도 될까요?

좋은 친구를 많이 사귀는 방법은 먼저 말 걸기를 하는 것입니다. 내가 먼저 상대방에게 다가가 "안녕! 오늘 날씨 정말 좋지?" "네가 입고 있는 옷 정말 잘 어울리는데." "너는 정말 착한 것 같더라." 하고 말을 걸어보세요. 그러면 상대방도 여러분에게 말 걸기에 응답을 할 테니까요.

상대방이 먼저 다가오기를 기다리면 친구를 사귈 수 없습니다. 내가 먼저 용기를 가지고 다가가 상냥하게 말을 걸면 어색함은 사라지고 좋은 친구가 될 수 있답니다.

02 먼저 어떤 말을 할지 고민하라

그 사람이 하는 말을 들어보면 성격을 알 수 있습니다. 사람들은 고운 말로 부드럽게 말을 하는 사람을 보며 '부드러운 성격', '친절한 사람'이라고 생각합니다. 반면 생각 없이 거친 말을 툭툭 내뱉는 사람은 '못된 사람', '예의가 없는 사람'으로 비춰지게 마련이지요. 따라서 상대방에게 좋은 이미지로 기억되려면 말을 조심스레 해야 합니다.

　말을 잘하기 위해선 먼저 고려해야 할 것이 있답니다. 그것은 바로 미리 어떤 단어를 선택할지 결정하는 것이지요. 예를 들어 지금 여러분이 친구가 약속을 지키지 않아 화가 나 있다고 상상해보세요. 눈앞에 그 친구가 있고 여러분은 화를 내려고 합니다. 이때 "앞으로 너랑 약속 안 할 거야." 하고 말합니다. 그러면 그 친구는 "약속 한번 어긴 것 가지고 그러니? 치사하게. 맘대로 해!" 하고 대답할 테지요. 그러면 둘의 관계는 더욱 멀어질 것입니다.

　친구에게 "앞으로 너랑 약속 안 할 거야." 하고 말하는 것은 옳지 못합니다. 이보다 약속을 어긴 친구에게 자신이 얼마나 실망했으며 마음이 상했는지 알 수 있게 해야 합니다. 그러기 위해선 자신의 마음을 잘 표현할 수 있는 말을 고른 후 말을 할 필요가 있답니다. "난 항상 너를 신뢰해왔어. 그동안 너는 나를 실망시키지 않았거든. 하지만 오늘은 네가 나를 실망시켰어." 이렇게 말한다면 친구는 더 이상 변명하지 않고 자신의 잘못을 인정할 겁니다. 그동안 자신을 신뢰해왔다는 말에 미안한 감정이 생겼기 때문이지요. 친구는 자신을 믿은 여러분에게 실망을 안겨준 데 대해 진심으로 사과할 겁니다.

준석이는 학교에서 동수에게 별명을 부르며 놀렸습니다. 동수는 자신보다 싸움을 잘하는 준석이가 "똥수!"라고 놀릴 때마다 화가 치밀었습니다. 하지만 힘이 약한 동수는 준석이에게 대들 수도 없었습니다.

오늘도 준석이는 동수를 놀려댔습니다. 그러자 다른 아이들도 덩달아 웃으며 놀리기 시작했습니다. 여기저기서 킬킬대는 소리가 들려왔습니다.

너무나 부끄럽고 화가 났지만 동수는 참았습니다. 그리고 점심시간 때 준석이에게 다가갔습니다. 그리고 어떤 말을 꺼낼지 미리 정한 후 말을 했습니다.

"준석아, 난 널 볼 때마다 부럽다는 생각이 들어."

"뭐가 부럽니?"

"넌 키도 크고 싸움도 잘하고 여자아이들한테도 인기도 많잖아."

"인마, 알긴 아는구나."

동수의 말에 준석이는 기분이 좋아졌습니다.

"그런데 준석아."

"왜?"

"평소 너를 좋아하지만 네가 내 별명을 부를 때마다 난 마음이 아파. 내 자신이 부끄럽기도 하고 내 마음 알겠니?"

동수의 말에 준석이는 코끝이 찡했습니다. 그동안 많이 괴롭혔는데도 자신을 미워하지 않는다는 동수의 말에 미안한 마음이 들었기 때문입니다.

"그, 그랬어? 동수야, 정말 미안해."

"응."

"앞으로 다시는 너 별명 안 부를게."

"고마워. 준석아."

난 그냥 재미로
그랬을 뿐인데…
니 마음이 아팠다니,
정말 미안해.

넌 정말 멋진 친구인데…
다만 니가 내 별명을 부르며
놀릴 때면 나는 마음이
너무 아파.

동수는 미리 어떤 말을 할 것인지 선택한 후 말을 했습니다. 때문에 준석이가 더 이상 자신의 별명을 부르지 않게 할 수 있었습니다. 준석이 또한 놀리기만 했던 동수를 새롭게 보게 되었지요.

여러분, 말을 할 때 생각 없이 해선 안 됩니다. 그렇게 해선 얻는 것보다 잃는 것이 더 많답니다. 뜻하지 않게 친구와 오해가 생길 수도 있고 다툼도 일어날 수도 있습니다. 그러나 먼저 생각해서 말한다면 이런 일을 방지할 수 있습니다. 또한 상대방에게 결코 가볍지 않은 친구로 기억된답니다.

03 작은 일이라도 칭찬하자

부모님이나 선생님에게 칭찬을 받으면 기분이 좋습니다. 칭찬을 받는다는 것은 인정을 받았다는 뜻이기 때문입니다. 칭찬을 받음과 동시에 스스로 '아, 이렇게 하면 되는구나.'

'앞으로 더 잘해야지.' 하고 생각하게 됩니다. 따라서 칭찬은 스스로 최선을 다하게 만든답니다.

바보 온달은 평강공주를 만나 비로소 훌륭한 장군이 될 수 있었습니다. 글자도 모르고 동네 아이들에게 놀림만 당하던 온달이 장군이 될 수 있었던 것은 평강공주의 칭찬 덕분이었습니다.

평강공주는 온달이 조금이라도 잘하면 크게 칭찬해주었지요. 칭찬을 받은 온달은 '나도 잘할 수 있어.' '더 잘해야지.' 하고 더욱 노력했습니다. 그리하여 나라에서 가장 훌륭한 장군이 될 수 있었습니다.

서경이는 매사에 자신감이 없습니다. 수업 시간에 선생님이 질문을 하면 얼굴이 빨개져 우물쭈물할 뿐 아무 말도 못했습니다. 앞으로 나가서 수학문제를 풀 때면 긴장이 되어 아는 문제도 틀리곤 했습니다.

하지만 선생님은 평소 이런 서경이의 성격을 잘 알고 있었습니다. 그래서 어떻게 하면 서경이에게 자신감을 심어줄

수 있을까 하고 생각했지요. 그러다 좋은 생각이 떠올랐습니다. 그것은 바로 서경이가 조금만 잘해도 크게 칭찬해주는 것이지요.

다음 날 국어 시간이었습니다. 선생님은 일부러 서경이에게 책을 읽으라고 말했습니다. 하지만 서경이는 볼이 빨개져 더듬거리며 읽어나갔습니다. 한 페이지를 다 읽었을 때 선생님이 미소 지으며 말했습니다.

"서경이, 정말 잘 읽네. 잘했다."

뜻밖의 선생님의 칭찬을 받은 서경이는 용기를 얻었습니다. 그리고 그 다음 날도 선생님은 수업 시간 틈틈이 서경이에게 칭찬을 해주었습니다. 그러자 놀라운 일이 일어났습니다. 바로 서경이가 더 이상 책을 읽을 때 더듬거리지 않는다는 것입니다. 또 칠판 앞에 나가서 수학 문제를 풀어도 전혀 긴장하지 않았습니다. 이제 수업 시간에 책을 읽고 앞에 나가 문제를 푸는 일이 서경이에게는 가장 즐거운 일이 되었습니다.

'칭찬은 고래도 춤추게 한다' 는 말이 있습니다. 사람뿐만 아니라 고래도 칭찬을 좋아한답니다. 그래서 동물원의 조련사들은 고래를 훈련시킬 때 야단치기보다 칭찬을 한답니다. 칭찬을 들은 고래는 더욱 열심히 하기 때문이지요.

친구들의 좋은 점을 찾아내어 칭찬해보세요. 혹 "아무리 찾아봐도 칭찬할 게 하나도 없는걸요." 하고 말하는 친구도 있을 겁니다. 하지만 조금만 관심을 기울인다면 칭찬할 부분을 찾을 수 있답니다. 약속을 잘 지키거나 거짓말을 하지 않았을 때, 열심히 공부해서 성적이 오르거나 도중에 포기하지 않고 책을 다 읽었을 때 등 생각해보면 참 많습니다.

칭찬은 자신감을 심어줍니다. 불가능하게 여겼던 일도 칭찬에 힘입어 가능하게 하지요. 그래서 좋은 친구는 칭찬을 아끼지 않는답니다. 아무리 작은 일이라도 칭찬을 듬뿍 해주지요.

04 때로 대답을 회피하라

누군가 질문을 하면 똑 부러지게 대답하는 친구가 있는가 하면 얼버무리는 친구도 있습니다. 똑 부러지게 대답하는 친구는 똑똑하다는 말을 듣게 마련입니다. 반면 얼버무리는 친구는 자신감이 부족하거나 우유부단하다는 말을 듣지요.

하지만 때로 대답을 회피해야 할 경우가 있습니다. 굳이 상대방이 묻는 대로 솔직하게 대답했다가 약점을 잡히거나 피해를 보는 경우도 있으니까요. 예를 들어 가수 비를 좋아하는 친구가 여러분에게 이렇게 물었다고 생각해보세요.

"넌 어떤 가수 좋아해?"

이때 "난 세븐 좋아해." 하고 대답해선 안 된답니다. 여러분의 대답에 그 친구는 곱지 않은 투로 이렇게 말할 수도 있을 테니까요.

"난 세븐 별로 안 좋던데. 가창력이랑 댄스 실력이 영 아니야."

여러분이 이런 말을 듣게 되면 기분이 좋을 리 없지요. 자 칫하다간 말다툼으로 이어질 수도 있답니다.

그렇다면 어떻게 대답하면 좋을까요? 어렵지 않답니다. 그저 "난 글쎄…… 생각 안 해봤어." "난 다 좋아!" "가창력 이랑 댄스 실력 둘 다 갖춘 가수가 좋더라." 하고 대답하면 된답니다. 그러면 친구는 결코 기분 나쁘지 않게 여러분의 대답을 들을 수 있답니다.

친구가 나에게 물어보는 질문은 다양할 것입니다. 하지만 그때 먼저 '이 질문에 굳이 대답할 필요가 수 있을까?' 하고 고민해보세요. 대답하지 않아도 된다고 판단되면 "아직 잘 모르겠어." "비밀이야." 하고 대답을 회피하세요. 그러면 친 구에게 여러분은 '비밀의 화원처' 럼 신비로운 친구로 남게 된답니다.

선영이가 혜순이에게 물었습니다.

"혜순아, 너 몸무게 얼마나 나가니?"

"몸무게?"

순간 혜순이는 대답을 해야 할지 하지 말아야 할지 망설여졌습니다. 또래 친구들보다 몸무게가 많이 나갔기 때문입니다.

하지만 혜순이는 선영이에게 솔직하게 대답했습니다.

"사십오 킬로그램 나가는데."

"우와! 그렇게 많이 나가?"

"……."

사건은 다음 날에 벌어졌습니다. 선영이가 다른 아이들에게 혜순이의 몸무게를 말했던 것입니다. 그 일로 인해 선영이와 혜순이는 만나면 다투는 사이가 되고 말았습니다.

차라리 혜순이가 "비밀인데." 하고 대답을 회피했더라면 좋았을 겁니다. 그러면 선영이는 더 이상 묻지 않았을 테지요. 거듭 묻는다는 것은 혜순이의 자존심을 상하게 한다는 것을 알 테니까요.

이처럼 때로 솔직하게 말하기보다 대답을 회피해야 할 때가 있습니다. 여러분 스스로 신중하게 생각한 후에 대답을 하길 바랍니다.

05 비판을 두려워하지 말자

우리는 누군가 실수를 하거나 잘못했을 때 비판을 합니다. 따라서 비판은 잘못을 깨우쳐주기 위한 고마운 채찍질과 같지요. 그러나 대부분 친구들은 비판을 두려워한답니다. 누군가 나에게 비판하면 괜히 기분이 나쁘고 약점을 잡힌 것 같은 생각이 들기 때문입니다.

누군가로부터 비판을 받으면 이런 반감을 가지게 됩니다.

'넌 얼마나 잘하는지 두고 보자.' '그래, 너 잘났다!' '까칠하기는, 왕 재수야!'

하지만 이런 부정적인 생각을 가지면 성숙해질 수 있는 기회를 놓치고 맙니다. 또한 나에게 비판을 한 친구를 멀리하게 되고 은근히 그 친구에게 나쁜 감정을 품게 되지요.

반면, 이렇게 생각하면 어떨까요?

'충고 고마워. 앞으로 더 잘해볼게.' '아, 그 부분이 부족했구나. 깨닫게 해줘서 고마워.' '앞으로 좀더 신중해야겠

구나.'

긍정적인 생각은 스스로 잘못을 깨닫고 반성하는 계기가
됩니다. 뿐만 아니라 무엇이 잘못되었는지 문제점을 발견하
게 되지요. 그래서 앞으로 좀더 신중하고 노력하는 자세를
가질 수 있답니다.

혜민이는 친구들과 수학 답안지를 맞춰보고 있었습니다.

짜증 섞인 투로 혜민이가 말했습니다.

"에이, 정말 짜증 나. 아는 문제를 틀렸잖아!"

"정말 그거 틀렸어?"

"몰라!"

안타깝다는 듯이 수아가 말했습니다.

"그거 쉬운 건데, 왜 틀렸어?"

"나도 모르겠어. 분명히 제대로 풀었는데……."

수아가 혜민이의 시험지에 적혀 있는 문제 풀이를 살펴보
았습니다. 잠시 후 수아는 알겠다는 듯이 웃으며 말했습니
다.

"여기 이 부분 틀렸네."

"어, 어디?"

"여기 이 부분 말야."

"정말이네. 에이 짜증 나!"

"혜민아, 앞으로 문제 풀 때 천천히 풀어. 내 생각에 덜렁대다가 틀린 것 같아."

순간 혜민이는 기분이 나빴습니다.

"네가 뭘 안다고 그래? 말 함부로 하지 마!"

"그런 뜻이 아니라……."

"됐어!"

수아는 안타까운 마음에서 혜민이에게 충고했습니다. 하지만 혜민이는 수아의 충고를 자신을 무시하는 걸로 오해하고 말았지요. 하지만 수아의 충고처럼 혜민이가 덜렁대는 성격을 고치지 않는다면 앞으로도 이런 일은 종종 생길 겁니다.

누군가 나에게 비판을 한다면 이를 '고마운 충고'로 생각해보세요. 그리고 비판하는 이유를 곰곰이 생각해보아야 합니다. 분명 나에게 문제점이 있을 테니까요. 비판은 나를 좀 더 발전적인 모습으로 변화시켜주는 마법의 채찍이랍니다.

06 '예'와 '아니오'를 분명히 하자

친구들 중에 대답을 잘 못하는 친구가 있을 겁니다. 누군가 물어보면 "그게 저……." "잘 모르겠는데요……." 하고 대답하거나 그냥 머뭇거리곤 하지요. 상대방의 물음에 확실하게 대답하지 못하고 얼버무리게 되면 상대방은 '우유부단한 성격이군.' 하고 생각하게 됩니다. 이래선 결코 좋은 이미지를 심어줄 수 없을 테지요.

우유부단함은, 어물어물 망설이기만 하고 결단성이 없음을 뜻합니다. 그래서 친구들이 어떤 부탁을 하면 들어줄 수 없는 상황인데도 불구하고 "어……." 하고 마지못해 대답하게 됩니다. 거절하지 못하기 때문이지요. 이런 상황은 결국 친구 사이에 좋지 않은 감정이 생기게 한답니다.

'자기가 하면 되지. 꼭 나한테 부탁한다니까!'

'누구는 안 바쁘나. 자기만 바쁜 줄 안다니까!'

여러분 말을 할 때 대답을 분명하게 할 수 있어야 합니다. 아는 것은 "안다"고 대답하고 모르는 것은 솔직하게 "모른다"고 대답해야 합니다. 또 '예'와 '아니오'를 분명히 해서 자신의 의사전달을 확실히 해야 하지요. 그래야 나와 상대방 사이에 오해가 생기는 것을 방지할 수 있답니다.

동수는 수업을 마치고 화장실 청소를 하고 있었습니다.

호준이가 동수에게 물었습니다.

"우리 청소 마치고 아이들이랑 야구할까?"

동수는 아침에 곧장 집으로 오라던 어머니의 말씀이 떠올랐습니다. 그러나 평소 거절을 못하는 성격의 동수는 대답을 얼버무렸습니다.

"나도 야구하고 싶지만……."

그러자 호준이는 큰 소리로 말했습니다.

"좋아! 우리 야구하는 거야!"

"그게 말야……."

동수는 말을 하려다 그만두었습니다. '오늘은 야구를 못 해.' 하고 차마 거절을 못하기 때문이다.

청소를 마치고 동수는 얼결에 호준이와 함께 야구를 했습니다. 그리고 늦게 집에 온 탓에 어머니에게 호되게 야단맞았습니다.

동수는 마음속으로 호준이를 원망했습니다.

'다 너 때문이야! 네가 야구하자고 말만 안 했어도…….'

다음 날 호준이가 말을 걸어도 동수는 못들은 척했습니다. 왠지 모르게 호준이가 얄미웠기 때문입니다.

그렇게 동수는 호준이를 미워하게 되었습니다.

잘못은 동수에게 있답니다. 처음부터 동수가 분명하게 "오늘은 안 되겠어. 집에 빨리 가야하거든." 하고 말했다면 호준이는 다른 아이들과 야구를 했을 겁니다. 하지만 동수

가 대답을 분명하게 하지 않았기 때문에 어쩔 수 없이 함께 야구를 했던 것입니다.

　말 잘하는 사람은 대답도 분명하게 한답니다. 그래야만 상대방에게 정확한 성격이라는 인상을 심어줄 수 있습니다. 또한 오해의 소지도 줄일 수 있지요. 따라서 '예'와 '아니오'를 분명하게 말하는 여러분이 되었으면 합니다.

07 감정을 조절해서 말하자

　말을 잘하는 사람은 자신의 감정을 다스릴 줄 안답니다. 감정을 조절하지 못하면 하고자 하는 말을 제대로 할 수 없습니다. 감정이 앞서면 화가 나고, 화가 나면 부드러운 말보다 거친 말이 먼저 나가기 때문이지요.

　주위에 보면 말다툼에서 지는 친구들이 있을 겁니다. 이런 친구들을 가만히 살펴보면 한 가지 공통점을 찾을 수 있습니다. 그것은 바로 자신의 감정을 다스리지 못한다는 것입니다. 차분하게 말을 하기보다 버럭 화를 내거나 폭력적이기까지 합니다. 반면 상대방은 감정을 다스려 차분하고 조리 있게 말을 합니다. 그래서 결국 말다툼에서 이기게 되는 것이지요.

용수는 오늘 태영이랑 함께 서점에 가기로 했습니다. 그런데 아무리 기다려도 태영이는 오지 않는 것이었습니다. 그래서 집으로 전화를 걸어보았습니다. 태영이의 동생 태수가 친구들과 축구를 하러 갔다고 말했습니다.

순간 용수는 화가 났습니다.

'자기가 먼저 책 살 거 있다면서 서점에 가자고 해놓고!'

'너, 내일 학교에서 보자!'

집으로 걸어오면서 용수는 약속을 어긴 태영이를 원망했습니다.

다음 날 학교에 가자마자 용수는 태영이에게 따졌습니다.

"너 어제 왜 약속 안 지켰어?"

"무슨 약속?"

용수는 버럭 화를 내며 말했습니다.

"네가 어제 서점에 가자고 했잖아. 내가 너 얼마나 기다린 줄 알아?"

그러나 태영이는 차분했습니다.

"내가 언제 어제 가자고 했니? 오늘 가자고 했지."

"분명히 네가 어제 가자고 했잖아!"

"아냐, 네가 헷갈렸나 본데 오늘이야."

"인마! 무슨 소리하고 있어? 너 약속도 기억 못하는 바보냐?"

용수는 거친 말까지 해댔습니다. 반면 태영이는 감정을 다스려 차분하게 말했습니다.

"내가 서점 가자고 한 건 맞아. 하지만 어제가 아니라 오늘이야."

"거짓말하지 마! 넌 거짓말쟁이야!"

용수와 태영이의 말다툼을 지켜본 다른 친구들은 저마다

태영이의 말이 맞을 거라고 생각했습니다. 왜냐하면 화를 내며 거친 말까지 하는 용수가 억지스러워 보였기 때문입니다. 반대로 태영이는 차분하게 자신의 의견을 말했기 때문에 믿음이 갔습니다.

용수는 감정을 다스리지 못해 벌컥 화만 냈습니다. 또 차분하게 말하기보다 거친 말을 써가며 약속을 지키지 않은 태영이에게 분풀이를 했습니다. 그러나 태영이는 차분하게 자신의 의견을 말했지요. 이런 태영이의 모습은 자못 당당하게 보이기까지 하지요.

누구나 말다툼을 하다 보면 '욱!' 하는 감정이 분수처럼 솟구치게 마련입니다. 하지만 이때 절대 감정을 폭발시켜선 안 됩니다. 심호흡을 하거나 마음속으로 열까지 세며 마음을 진정시켜야 합니다. 그래야만 말을 조리 있게 할 수 있게 되어 상황을 유리하게 이끌 수 있답니다.

08 자신감을 가지고 당당하게 말하자

말을 할 때 목소리가 기어들어가는 친구가 있습니다. 마치 잘못을 저지른 것처럼 목소리에 힘이 없지요. 이런 친구의 특징은 자신감이 없다는 것입니다. 그래서 누군가와 얘기할 때 당당하지 못합니다.

목소리에 자신감이 없는 사람을 보면 이런 생각이 들게 마련입니다.

'목소리에 힘이 없는 걸 보니 자신이 없나봐.' '그것도 제대로 못하나……'

반면 목소리에 힘이 느껴지고 자신감이 있는 사람에게는 '큰소리 치는 걸 보니 자신 있나 본데.' '자신감이 느껴져.' '역시 믿음이 간단 말야!' 이처럼 목소리에 자신감이 있느냐 없느냐에 따라 상대방이 나를 판단하는 기준이 달라진답니다.

리더들은 말을 할 때 항상 자신감 있게 말을 합니다. 누군가 질문을 하면 얼버무리거나 얼렁뚱땅 대답하는 일은 결코 없답니다. 자신이 아는 부분에 대해서는 자신감 있게 대답하지요. 또 모르는 부분이 있더라도 결코 주저하지 않습니다.

"그 부분에 대해선 잘 모르겠군요." 하고 당당하게 말하지요.

선생님은 웃으며 아이들에게 물었습니다.

"여러분, 다음 주 수요일 백일장이 있는데 누구 나가고 싶은 사람 없나요?"

그때 평소 글 쓰는 데 소질이 있는 경태가 대답했습니다.

"선생님, 제가 나가고 싶어요!"

"경태 말고는 없나요?"

희진이가 손들고 말했습니다.

"선생님, 성호 글짓기 되게 잘해요!"

그러자 아이들의 시선이 성호에게로 집중되었습니다.

성호의 얼굴이 발갛게 상기되었습니다. 평소 성호는 책 읽기에 관심이 많았을 뿐 아니라 글짓기에 소질이 있었습니다.

선생님이 물었습니다.

"성호야, 백일장에 나가고 싶니?"

"그게 저……."

성호는 얼버무렸습니다.

"희진이가 너 글짓기 잘 한다는데 한번 나가보지 않을래?"

사실 성호도 예전부터 백일장에 한번 나가보고 싶었습니다. 하지만 지금 막상 선생님이 질문을 하자 가슴이 콩닥거려 제대로 대답할 수 없었습니다.

"나, 나가고 싶어요……."

성호는 더듬거리는 목소리로 말했습니다. 그러나 선생님이 보기에 성호는 자신 없어하는 것 같았습니다.

"성호야, 힘들면 안 나가도 괜찮단다."

"……."

"이번 백일장은 경태만 나가는 걸로 하자."

성호는 마음속으로 말했습니다.

'저도 나가고 싶어요!'

결국 경태만 백일장에 나가게 되었습니다.

말을 할 때 자신감을 가지고 당당하게 해보세요. '자신감 있는 친구' '당당한 친구' 로 기억될 테니까요. 목소리에 자신감이 묻어나면 자연스레 행동도 당당해진답니다. 반면 목소리에 자신감이 없으면 행동은 당당하지 못하게 됩니다.

말을 잘하는 비결은 자신감 있게 말하는 데 있답니다. 말에 자신감이 없으면 상대방은 믿음을 잃게 되지요. 한 마디를 하더라도 자신감 있게 하는 것이 중요합니다. 그래야 상대방이 나에게 믿음을 가질 테니까요.

09 행동으로 말하자(웃음, 열정, 자신감)

주위에 유난히 말을 잘하는 친구가 있을 겁니다. 이 친구가 말을 할 때는 다른 친구들이 귀를 기울이고 큰 소리로 웃기까지 하지요. 하지만 다른 친구가 말을 할 때는 별로 관심을 기울이지 않거나 딴 짓을 하곤 합니다. 또 그 친구는 웃기기 위해 노력하는데 친구들의 반응은 '썰렁' 하기만 하지요. 말 잘하는 친구와 그렇지 않은 친구의 차이점은 무엇일까요? 그것은 바로 '행동으로 말한다' 는 것입니다.

대화를 할 때 자신감 있게 말을 하는 것 못지않게 행동으로 말하는 것도 중요하답니다. 예를 들어 "나는 너무나 기분이 좋아!" 하고 말한다고 생각해보세요. 그런데 기어들어가는 목소리 혹은 슬픈 목소리로 "나는…… 너무나…… 기분이…… 좋아." 하고 말한다면 상대방은 어떻게 생각할까요? '얘가 어디 아픈가?' 하고 오해할 테지요.

반면 정말 날아갈 듯이 "정말 기분이 좋아!" 하고 기쁜 목소리로 말한다면 상대방은 "너 오늘 무슨 좋은 일 있니?" 하고 물어볼 것입니다. 왜냐하면 기쁜 마음이 행동에 묻어났기 때문이지요.

친구가 불쾌하게 하거나 기분이 나쁠 때는 얼굴에 그런 감정을 표현해야 합니다. 마음은 불쾌한데 친구를 배려해주기

위해 웃으며 "나, 오늘 기분 별로 좋지 않아." "네가 약속을
안 지켜서 화났어." 하고 말한다면 친구는 장난치는 줄 알
겁니다. 따라서 이럴 때는 얼굴에 불쾌한 표정을 지어 조금
은 화난 듯 "나, 오늘 기분 별로 안 좋으니까 귀찮게 하지
마!" "넌 왜 약속을 지키지 않는 거니?" 하고 말해보세요.
그러면 친구는 '애, 정말 기분이 안 좋은가 보네.' '내가 약
속을 안 지켜서 화가 많이 났나봐. 앞으로는 꼭 약속을 지켜
야겠어.' 하고 생각하게 됩니다.

　형규는 반에서 가장 인기가 좋습니다. 비결은 바로 말을
잘하는 데 있답니다. 형규의 말에 웃지 않는 친구는 아무도
없습니다. 그래서 쉬는 시간이나 점심시간이면 어김없이 형
규에게 재미있는 얘기를 해달라고 합니다.

　그러나 준영이는 친구들에게 '인기가 별로'입니다. 친구
들은 준영이와 얘기하면 잠 온다고 할 정도로 말 재주가 없
답니다. 그래서 준영이는 형규에게 말 잘하는 비결을 배우
기로 했습니다.

준영이는 다른 친구들과 함께 형규의 이야기를 듣고 있었습니다. 형규는 다른 날과 마찬가지로 친구들을 웃겼습니다. 형규의 목소리와 몸짓과 눈빛을 관찰하던 준영이는 한 가지를 깨달을 수 있었습니다. 그것은 바로 형규는 그때그때 목소리의 높낮이와 행동이 바뀐다는 것이지요.

예를 들어 농구에 관한 얘기를 할 때는 농구 선수가 슛을 넣는 장면을 직접 연출하기도 하고 유명 가수 얘기를 할 때는 그 가수의 목소리를 흉내내곤 했습니다. 그럴 때는 친구들은 배꼽이 빠져라 웃어댔습니다.

집에 돌아온 준영이는 거울을 보며 행동으로 말하는 법을 연습했습니다. 처음에는 어색해서 그만두고 싶은 생각이 수없이 들었습니다. 하지만 꾹꾹 참고 형규의 모습을 떠올리며 연습했습니다. 그렇게 하루 이틀 지나자 효과가 조금씩 나타나기 시작했습니다. 친구들이 준영이의 말에 재미있어 하고 웃기까지 했지요.

준영이는 점차 자신감이 생겼고 이제는 형규처럼 말을 잘

합니다. 친구들이 어떻게 말을 잘하게 되었냐고 물으면 행동으로 말하라고 충고해준답니다.

10 유머를 맛있게 활용하자

유머는 분위기를 부드럽게 해줍니다. 유머를 적절하게 활용하면 좀더 편안하게 대화를 할 수 있답니다. 그래서 말 잘하는 사람들은 유머를 즐겨 사용하지요.

화가 났을 때도 감정을 다스리지 못해 거친 말을 하는 친구가 있을 겁니다. 이런 친구는 폭발하는 감정 때문에 이성적으로 말을 할 수 없게 된답니다. 그래서 상대방에게 심한 말까지 하게 되고 급기야 말다툼까지 이어지게 되지요. 그러나 이때 유머를 활용한다면 그런 험악한 분위기를 막을 수 있답니다. 유머는 웃음을 자아내게 합니다.

혹시 친구가 말을 빨리 해서 잘 알아듣지 못할 때 "인마,

천천히 좀 말해. 도무지 못 알아듣겠단 말야!" 하고 말해선 안 된답니다. 그때는 이렇게 말해보세요. "딱따구리처럼 말이 너무 빨라서 못 알아듣겠어." 빨리 말하는 것을 딱따구리에 빗대었기 때문에 친구는 '내가 말이 너무 빠르구나.' 하고 생각하면서도 결코 기분이 나쁘지 않을 겁니다.

씻는 것을 싫어하는 친구가 있답니다. 이때 친구에게 어떻게 충고해야 할까요? 그냥 직설적으로 "넌 왜 그리 때가 많니?" "목욕 좀 하고 살아!" "더러워서 같이 못 놀겠다." 하고 말한다면 친구는 벌컥 화를 낼 것입니다.

그러나 유머를 활용해서 "목에 새까만 줄이 세 개나 있네. 하하." "까마귀가 너한테 형님 하겠다. 좀 씻지 그래." "너는 옷을 한 벌 더 입었네." 하고 말하면 친구는 기분 나빠하지 않으면서 '앞으로는 깨끗하게 씻고 다녀야지.' 하고 생각하게 된답니다.

가끔 친구에게 말하기 조심스러운 상황도 있을 겁니다. 얘기는 해야 하는데, 하려고 하니 그렇고 또 안 하자니 마음에

걸리는 그런 상황에는 유머를 활용하면 도움이 된답니다. 적절하게 유머를 활용하면 절대 친구의 마음이 상하는 법이 없을 테니까요.

대화할 때 유머를 섞어서 하는 친구는 그렇지 않은 친구보다 훨씬 기품 있어 보입니다. 같은 말인데도 유머를 섞어서 하게 되면 훨씬 부드러워지기 때문이지요. 또 상대방도 말에 흥미를 가지고 귀 기울이게 됩니다.

유머는 대화를 원활하게 해주는 윤활유와 같답니다. 따라서 친구들과 대화할 때 유머를 활용하면 분위기가 한결 부드러울 뿐 아니라 화기애애해집니다. 처음에는 어색하고 힘들게 느껴질 수도 있습니다. 하지만 계속해서 유머를 활용하다 보면 예전보다 더 말을 잘하는 자신을 발견하게 될 겁니다. 유머는 말을 잘하도록 도와주는 마법사랍니다.

4장

가장 말 잘하는 사람은
가장 잘 듣는 사람이다

화술의 비결은 두 배로 듣기이다 _ 신입 세일즈맨에게 배우는 듣기 기술

선배 세일즈맨이 갓 들어 온 신입 세일즈맨을 놀려보자고 마음먹었습니다. 그는 신입 세일즈맨에게 큰 힘을 들이지 않고도 증권 상품을 팔 수 있는 사람이 있다고 말했습니다. 그가 추천하는 고객은 평범한 화가라고 말했습니다.

"조금만 부추겨도 넘어오기 때문에 내가 나서서 얼마든지 거래를 성사시킬 수 있지만 신입 사원인 자네에게 기회를 주기 위해 양보하는 거야."

그렇게 그는 선심을 쓰는 척했습니다.

신입 세일즈맨은 그 말을 곧이듣고 기꺼이 제안을 받아들였습니다. 그러나 사실 그 화가는 선배 세일즈맨도 몇 달간 설득에 나섰다가 포기한 상대였습니다.

한 시간가량 흐른 뒤 신입 세일즈맨은 얼굴에 미소를 머금은 채 회사로 돌아왔습니다. 그리고 자신을 기다리고 있던 선배 세일즈맨과 마주치게 되었습니다. 풋내기가 풀이 죽어 들어올 것으로 예상했던 터라 그 모습을 본 선배 세일즈맨은 의구심이 생겼습니다.

그는 궁금한 투로 물었습니다.

"그래, 성공하고 돌아왔나?"

"물론입니다. 선배님이 말씀해 주신 대로 정말 훌륭하고 재미있는 화가시던데요."

그는 주머니에서 계약서를 꺼내 보였습니다.

그러자 다른 사람들까지 신입 세일즈맨이 어떻게 거래를 성사시켰는지 알고 싶어 모여들었습니다.

그는 미소를 지으며 말했습니다.

"별로 어렵지 않았어요. 그냥 그분 댁에 걸어 들어가서 몇 분간 말을 걸었는데, 그분 스스로 증권 얘기를 꺼내면서 사고 싶다고 하던 걸요. 그러니까 사실상 내가 판매를 성공시킨 게 아니라, 그분 스스로 거래를 제안한 것이지요."

도대체 신입 세일즈맨은 어떻게 화가의 마음을 돌릴 수 있었던 걸까요? 화가를 방문한 신입 세일즈맨은 아무 말 없이 그에게 다가가 작업중인 그림을 바라보았습니다. 마침내 화가도 그를 발견했습니다. 신입 세일즈맨은 방해해서 미안하다며 이야기를 시작했습니다. 주제는 바로 화가가 그리고 있던 그림에 대한 것이었습니다.

사실 그는 미술에 대한 상식을 갖추고 있었습니다. 그러나 그는 자기가 말하기보다 화가의 말을 주의 깊게 들었습니다. 간혹 화가의 말에 맞장구를 치기도 했습니다. 그러자 화가는 더욱 신이 났고 이렇게 둘은 금세 친해졌던 것입니다.

누구나 자신의 이야기에 귀담아 들어주는 사람을 좋아합니다. 그런 사람과 함께 이야기를 하다 보면 절로 고민이 풀리고 마음이 편안해지지요. 그리고 오래도록 좋은 관계를 유지하고 싶은 마음이 생깁니다. 그래서 화술의 달인들은 말하기보다 듣기를 더 좋아하는 것입니다.

이런 말이 있습니다.

"자기 말을 잘하는 사람은 말을 가장 못하는 사람이며, 상대방의 말에 집중하는 사람은 가장 말을 잘하는 사람이다."

나의 말을 하기보다 상대방의 말에 귀 기울이다 보면 저절로 화술의 달인이 된답니다.

01 먼저 나의 마음을 열어라

누군가와 대화를 하기 전에 가장 먼저 해야 할 일이 있답니다. 그것은 바로 '마음의 문 열기'입니다. 평소 좋아하지 않거나 미운 감정이 있어도 그런 감정을 훌훌 털어버려야 합니다. 그래야 좋은 분위기에서 말을 할 수 있기 때문이지요. 마음의 문을 열지 않고서는 결코 상대방과 원만한 대화를 할 수 없습니다.

어떤 친구는 마음을 열고 편안하게 말을 합니다. 사이가 좋지 않아도 절대 내색하거나 마음속에 미운 감정을 남겨두지 않지요. 그러다 보니 자연히 상대방을 미워하는 감정도 없습니다. 말도 술술 잘 나오지요. 그 친구의 말을 듣고 있는 사람들은 이렇게 생각한답니다. '이 친구와 같이 있으면 마음이 편해.' 이런 마음은 그 친구가 말을 잘하는 사람으로 생각하게 한답니다.

반면 마음의 문을 꼭 닫고 말을 하는 친구도 있답니다. 예

전에 자신의 별명을 불렀던 기억을 떠올리거나 미운 감정을
털어버리지 못해 가슴속에 쌓아두고 있지요. 그래서 상대방
과 말을 하면서도 속으로 문득문득 이런 생각을 한답니다.

'예전에 너, 내 별명 부르며 놀렸지?'

'친구들 앞에서 창피하게 만들고 언젠가 꼭 복수해줄 테
다!'

마음속으로 이런 생각을 하면서 상대방에게 집중할 수는
없을 겁니다. 또 말을 하는 가운데 상대방에 대한 미운 감정
을 그대로 드러내는 실수도 하지요. 그러면 상대방 역시 똑
같이 말로써 공격할 것은 불 보듯 뻔할 것입니다.

효주는 친구들에게 '인기짱'으로 통합니다. 사실 효주가
다른 아이들보다 예쁘거나 공부를 월등히 잘하는 건 아니랍
니다. 대신 효주에게는 다른 친구들에게 없는 장점이 있지
요. 그것은 바로 친구의 말에 귀 기울여주기입니다.

효주와 얘기를 하는 친구들은 하나같이 효주를 좋은 친구
로 생각합니다. 그래서 효주와 가까이 지내고 싶어 하지요.

또 고민이 있거나 힘든 일이 있을 때면 효주를 찾아옵니다.

그런데 이상한 점이 있답니다. 친구들과 얘기를 할 때 효주는 상대방의 말을 듣기만 할 뿐 별로 이야기하지 않는다는 것입니다. 가끔 친구의 말에 고개를 끄덕이거나 "아, 그렇구나." "안됐다……." "앞으로는 잘 될 거야. 힘내!" 하고 말을 건네는 것이 전부이지요.

한 친구가 효주에게 말을 잘하는 비결을 물었답니다. 그때 효주는 이렇게 대답해주었습니다.

"말을 할 때 마음을 열고 들을 수 있어야 해. 쉽게 말하자면 모든 감정을 버리고 상대방에게 집중하는 거야. 평소 나와 사이가 좋지 않은 친구라도 말이야. 그래야 상대방의 말을 집중해서 들을 수 있고 또 상대방은 마음 편히 말을 할 수 있어."

말을 하기 전에 마음의 문을 열어야 한다는 것을 잊지 말아야 합니다. 마음의 문을 열어야만 상대방과 나와의 분위기를 부드럽고 편안하게 할 수 있으니까요. 이런 분위기 속

친구와 대화를 할 때는
마음을 열고 이야기해보렴
그럼 친구도
너를 좋아할 거야.

아항…
내일부터라도
그래야겠어요.

에서 상대방의 이야기에 집중해보세요. 상대방은 여러분을 가장 말 잘하는 친구로 기억하게 될 것입니다.

02 상대방에게 집중하기

이야기할 때 누군가 내 말을 들으며 고개를 끄덕인다면 기분이 좋지요. 고개를 끄덕인다는 것은 딴 생각을 하지 않고 내 말에 집중하고 있다는 뜻이기 때문입니다. 그래서 자신의 말에 귀 기울여 주는 사람과의 대화는 거부감이 들지 않는답니다.

만일 상대방에게 집중하지 않고서 딴 생각을 하면 누구보다 상대방이 먼저 눈치 채게 된답니다. 상대방은 '누구는 입이 아프도록 얘기하고 있는데 딴 생각이나 하고 말야!' 하고 기분 나빠하지요. 어쩌면 다시는 그 친구와 말을 하지 않으려 할지도 모릅니다.

주영이는 친구들에게 '상담가'로 통합니다. 친구들의 이야기를 잘 들어주기 때문입니다.

점심시간에 옆 반 효숙이가 주영이에게 시험 성적 때문에 찾아왔습니다.

"나 정말 열심히 했는데, 지난번보다 성적이 더 떨어졌어."

효숙이는 근심 가득한 얼굴이었습니다. 그런 효숙이를 보자 주영이는 자신의 일 마냥 마음이 아팠습니다.

"그래?"

"너는 어때?"

"나는 항상 그대로지 뭐."

주영이와 효숙이는 점심시간 내내 이야기를 나누었습니다. 주로 효숙이가 말을 했고 주영이는 고개를 끄덕이며 들어주었습니다. 점심시간이 끝나기 전에 주영이는 효숙이의 기분을 덜어주고 싶었습니다.

그래서 웃으며 이렇게 말했습니다.

"효숙아, 그렇다고 포기하지 말고 계속 노력해봐. 분명 조금씩 성적이 오를 거야."

"고마워. 네 말 듣고 나니 힘이 나네."

효숙이는 자신의 고민을 끝까지 들어준 주영이가 더없이 고마웠습니다.

선화에게는 나쁜 버릇이 있답니다. 그것은 다름 아닌 친구와 이야기 중에 딴 짓을 하며 집중하지 못한다는 것이지요.

오늘 오후에는 수아랑 얘기하다가 하마터면 말다툼까지 할 뻔했습니다. 수아는 호경이를 좋아하고 있었습니다. 그래서 자신이 좋아하는 호경이에 대해 선화의 의견을 물었던 것입니다. 그러나 선화는 심각한 수아와는 달리 자꾸만 딴 생각에 빠져있었던 것입니다.

얘기 도중에 수아가 선화에게 물었습니다.

"선화야, 너 같으면 이 상황에서 어떻게 하겠니?"

"……."

선화는 아무 대답이 없었습니다. 그래서 다시 수아가 물었지만 마찬가지였습니다. 화를 내며 큰 소리로 말했을 때 선화는 이렇게 말하는 것이었습니다.

"어, 미, 미안해! 잘못 들었어. 다시 얘기해줄래?"

순간 수아는 화가 치밀었습니다. 그래서 다시 상황을 설명해주었습니다. 그러다 잠시 후 또 다시 선화는 딴 생각에 빠졌고 참다못한 수아는 큰 소리로 말했습니다.

"한두 번도 아니고 좀 심한 거 아니니? 앞으로 너랑 다시는 얘기 안 해!"

선화는 영선이와 수진이에 이어 또 다시 수아랑 멀어지고 말았습니다.

친구와 대화 도중에 절대 딴 생각을 해선 안 됩니다. 이런 행동은 말을 하는 친구에게 실례가 되기 때문이지요. 자칫 친구가 여러분이 자신을 무시하는 것으로 오해할 수도 있답니다.

친구의 말에 귀 기울여 보세요. 간간이 친구의 말에 고개를 끄덕이며 잘 듣고 있음을 표시해보세요. 그러면 친구는 안심하고 마음 편히 이야기를 할 수 있답니다. 또 여러분은

친구의 말에 집중함으로써 친구가 나에게 어떤 말을 하는지 또 무엇을 원하는지 알 수 있답니다.

무엇보다 여러분이 친구의 말에 귀 기울여줄 때 상대방에게는 따뜻한 위로가 됩니다. 세상에서 자신의 말에 귀 기울여주는 것보다 더 큰 위로는 없습니다.

03 질문하면서 들어라

우리는 단 하루도 누군가와 대화를 하지 않고 살아갈 수 없답니다. 늘 누군가와 말을 주고받으며 감정을 나누고 친분을 쌓지요. 때문에 말을 잘한다면 그만큼 친구는 물론 주위 사람들에게 좋은 이미지를 심어줄 수 있을 뿐 아니라 원활한 친구 사이를 유지할 수 있습니다.

친구들이 대화할 때의 모습을 살펴보면 얼마나 그 친구를 생각하느냐를 알 수 있답니다. 친구의 말에 고개를 끄덕이며 집중하고 있다면 분명 친구를 배려하고 있다는 것을 알수 있지요. 반면 자꾸만 다른 곳을 쳐다보거나 딴 짓을 하고 있다면 별로 생각하고 있지 않다는 뜻이기도 합니다.

대화 도중에 친구가 "그래서?" "어떻게 되었니?" 하고 질문하면 기분이 좋지요. 친구가 질문한다는 것은 내 말에 귀 기울이고 있다는 뜻이기 때문이지요. 만일 친구가 내 말에 집중하지 않는다면 이야기의 핵심을 알지 못할 테고 자연히 질문도 할 수 없을 테니까요.

선규는 친구와 말을 할 때면 하고 싶은 말이 있어도 꾹 참 는답니다. 친구가 말하는 도중에 불쑥 끼어든다면 친구에게 실례가 되기 때문이지요. 또 친구의 말을 귀담아 듣고 나서 도움이 되는 말을 해주기도 하지요.

선규가 동민이와 나누는 대화를 살펴볼까요.

동민: "오늘 아침에 학교 오다가 돈 주웠어."

선규: "얼만데?"

동민: "삼만 원이야. 그런데 왠지 모르게 마음이 안 편해."

선규: "왜 그럴까?"

동민: "아마 잃어버린 사람은 마음이 아플 거야. 그래서 그런가봐."

선규: "아, 그렇구나. 넌 정말 마음이 착해."

동민: "문방구 근처에서 돈을 주웠는데 어떻게 주인을 찾아주지?"

선규: "음, 선생님께 말씀드려봐."

동민: "아, 맞아! 그게 낫겠어. 히힛."

선규는 동민이의 집중했기 때문에 무슨 말을 하려는지 알 수 있었습니다. 동민이는 아침에 학교에 오다가 주운 돈을 주인에게 돌려주고 싶어 하지요. 선규가 동민이의 말이 끝나기를 기다렸다가 질문을 던졌고 결국 둘은 해답을 찾을 수 있었답니다.

여러분, 친구가 되었건 동생이 되었건 대화를 할 때는 꼭 질문하는 습관을 가지세요. 잘 이해가 가지 않거나 좀더 자세하게 알고 싶은 부분은 주저하지 말고 질문을 던지세요.

혹 여러분 중에 "질문하면 친구가 기분 나빠하지 않을까요?" 하고 묻는 친구도 있을 겁니다. 절대 그렇지 않답니다. 오히려 친구는 기분 좋게 여러분의 질문에 대답해줄 것입니다.

대화 도중에 상대방에게 질문을 던지는 것도 말을 잘하는 방법입니다. 질문을 던지는 것은 상대방에게 '나는 지금 네 이야기에 집중하고 있어.' 하고 표시하는 것과 같답니다. 그래서 질문을 할 때마다 말을 하는 친구는 훨씬 편하게 말을 할 수 있지요.

04 들으면서 맞장구쳐라

대화를 나눌 때 상대방의 말에 귀 기울이는 것이 기본입니다. 내가 상대방의 말에 집중해야 상대방은 마음 편히 이야기를 계속할 수 있기 때문이지요. 그래서 말을 잘하는 사람들은 모두 듣는 데 달인이라고 할 수 있답니다.

　상대방의 말을 잘 듣는 데도 방법이 있습니다. 그 방법은 너무도 쉬워 누구나 금세 실천할 수 있지요. 상대방이 말을 할 때 그냥 가만히 고개만 끄덕이는 것이 아니라 맞장구를 치는 것입니다. 예를 들면 친구가 "영화 〈복면달호〉 정말 재밌던데." 하고 말하면 여러분은 "응, 나도 봤어. 되게 웃겼어." 하고 맞장구를 치는 거지요. 또 때에 따라서는 "거기 누구누구 나오는데?" "누구랑 갔는데?" 하고 묻는 것도 맞장구라고 할 수 있답니다. 친구의 말 중간 중간에 맞장구를 치면 친구는 흥이나 더욱 신나게 이야기를 할 수 있습니다.

　승희는 주말에 부모님과 함께 대구에 있는 외갓집에 다녀왔습니다. 외갓집은 대구 외곽지역에 있었습니다.

　마침 승희가 갔을 때는 한창 모심기를 하고 있었습니다. 승희는 마을 사람들이 한 줄로 서서 모를 심는 모습을 지켜보았습니다. 어린 승희에게는 그 광경이 신기하게 느껴졌습니다.

모내기를 하는데
손이 어찌나 빠르던지…
정말 놀라웠어.

우와!
그렇구나.

승희는 학교에 가서 친구들에게 농촌에서 보았던 모심기에 대해 들려주었습니다.

"아저씨와 아주머니들이 한 줄로 모심기를 하는데 정말 굉장하더라."

연주가 물었습니다.

"뭐가 굉장해?"

"응, 모를 심는 손동작이 마치 묘기 부리듯 엄청 빨라."

숙희도 끼어들었습니다.

"그래?"

"사실 나도 한번 해보고 싶었어. 히힛."

"그런데 논에 거머리 있지 않아?"

"맞아. 아저씨들이 다리에 붙어 있는 거머리 떼어내는 거 봤어."

"아이, 징그러워."

이처럼 친구들이 승희의 말에 맞장구를 쳐주었습니다. 그러자 승희는 이야기를 더욱 재미있게 할 수 있었습니다.

친구가 나의 이야기에 맞장구를 쳐주면 신이 납니다. 그래서 더욱 이야기를 잘하게 됩니다. 뿐만 아니라 친구가 내 말에 집중하고 있다는 것을 알 수 있지요. 누군가와 이야기를 할 때는 적절하게 맞장구를 쳐보세요. "아, 그렇구나." "맞아!" "나도 그 얘기 들었어." "얼마나 힘들었을까?" 이런 말은 소극적인 친구에게 자신감을 불어넣어 줍니다.

상대방으로부터 긍정의 대답을 얻고 싶을 때는 긍정의 말에만 맞장구를 침으로써 대화를 원하는 방향으로 유도할 수 있습니다. 하지만 무조건 맞장구를 친다고 좋은 것이 아니랍니다. 상대가 열을 올리며 이야기를 할 때는 맞장구를 잠시 멈추는 것도 예의랍니다.

말을 잘하는 사람은 대화 중에 맞장구치는 것을 잊지 않는답니다. 상대방의 이야기를 듣는 기본 매너이기 때문입니다.

05 중간에 하고 싶은 말이 있어도 꾹 참기

상대방의 말을 잘 들어주는 친구는 인기가 좋습니다. 이런 친구는 상대방의 말이 끝날 때까지 인내심을 가지고 기다려주지요. 그래서 모두들 고민이 있거나 이야기를 하고 싶을 때 이 친구에게 찾아온답니다.

말을 잘하기 위해선 상대방의 말을 잘 들을 줄 알아야 한다고 했습니다. 잘 듣기 위해선 약간의 인내심도 필요하답니다. 인내심이 부족한 친구는 상대방의 말이 끝나기도 전에 불쑥 끼어들어 하고 싶은 말을 할 테니까요. 만일 상대방의 말을 중간에 자르거나 불쑥 끼어든다면 분위기를 망쳐놓게 된답니다. 이런 행동은 마치 상대방이 하는 말에 관심이 없다고 말하는 것과 다를 바 없을 테니까요.

여러분에게 두 명의 친구가 있다고 생각해보세요. 한 친구는 여러분이 어떤 말을 하더라도 끝까지 인내심을 가지고 들어주지요. 기쁜 얼굴로 기분 좋은 이야기를 하거나 슬픈

그보다는 친구의 말을
끝까지 잘 들어주는 것이
좋은 대화 방법이란다.

친구가 말하는 도중 가끔
내 이야기를 하고
싶을 때가 있어요.

표정을 지으며 우울한 이야기를 해도 아랑곳하지 않고 끝까지 들어줍니다.

반면, 한 친구는 여러분이 미처 말을 다하기도 전에 지루하다는 표정을 짓는답니다. 또 여러분이 말을 하는 중간에 불쑥 끼어들어 자신의 말을 하지요. 또 기분 좋은 이야기만 들으려하고 슬프거나 우울한 이야기는 들으려하지 않는답니다.

여러분은 이 두 친구 중에 어떤 친구와 이야기를 나눌 때 더 마음이 편할까요? 분명 첫 번째 친구라고 대답할 테지요. 왜냐하면 그 친구는 여러분의 말을 끝까지 집중해서 들어주기 때문입니다. 내 이야기에 귀 기울여준다는 것은 참으로 기분 좋은 일이니까요.

경완이는 왠지 모르게 같은 반 성태가 싫어졌습니다. 하지만 아무리 생각해도 그 이유를 알 수 없습니다.

며칠 전 점심시간 때 경완이는 성태에게 고민을 이야기했습니다. 그동안 경완이는 아랫배에 커다란 수술 자국 때문에 목욕탕에 가지 못했습니다. 그래서 경완이의 소원은 다른 친구들과 마찬가지로 공중목욕탕에 한번 가보는 것이었습니다.

경완이가 성태에게 자신의 비밀을 이야기하는 것은 결코 쉽지 않았습니다. 만일 성태가 다른 아이들에게 말해버리면 큰일이기 때문이지요. 하지만 경완이는 성태를 믿었기 때문에 용기 내어 이야기를 했습니다.

하지만 자신의 콤플렉스에 대해 이야기할 때 성태는 자꾸만 중간에 말을 잘랐습니다. 그리고 자신이 좋아하는 축구 선수에 대해 말하는 것이었습니다.

"나는 호날두가 대단한 선수라고 생각해."

"……."

"너는 어떻게 생각해?"

"……."

경완이는 화가 났지만 꾹 참았습니다. 그리고 다시 이어서 말했습니다.

"어릴 때 수술했거든 그래서 아랫배에 커다란 수술 자국이 있어. 그래서 목욕탕에 못 가."

그 순간 성태는 시큰둥한 표정을 지으며 말했습니다.

"뭘 그런 것 가지고 그러냐? 바보같이."

"……."

그리고 다시 자신이 좋아하는 축구 선수 이야기를 꺼내는 것이었습니다.

"너는 베컴이 좋아? 호날두가 좋아?"

"몰라, 인마!"

경완이는 용기 내어 콤플렉스에 대해 말하는 자신의 심정을 이해해주기는커녕 대수롭지 않게 여기는 성태가 미웠습니다.

'자식! 다시는 아는 체하나 봐라!'

사람의 입은 하나이지만 귀는 두 개입니다. 이것은 말하기보다 듣기를 두 배로 하라는 뜻이랍니다. 상대방이 말을 하고 있다면 하고 싶은 말이 있어도 꼭 참을 줄 알아야 합니다.

그래야 상대방 또한 내 말을 끝까지 들어줄 테니까요.

상대방의 말에 귀 기울여주는 사람은 친구를 얻는 사람입니다. 반면, 상대방의 이야기를 중간에 자르거나 불쑥 끼어들어 자신의 말을 하는 사람은 친구를 잃는 사람이랍니다. 여러분은 어떤 사람의 편에 서고 싶은가요?

06 상대방의 감정을 이해하라

우리는 하루에도 몇 번씩이나 감정의 변화를 겪습니다. 기분이 좋았다가 슬퍼지기도 하고 우울해지기도 하지요. 따라서 대화할 때 상대방의 입장을 헤아릴 줄 알아야 합니다. 그래야만 상대방의 감정을 이해할 수 있기 때문이지요.

여러분은 지금 기분이 들떠 있는데 친구는 기분이 나빠져 있다고 생각해보세요. 그 친구가 나에게 고민을 털어놓는데 여러분은 들뜬 나머지 활짝 웃는다면 친구의 기분은 좋지 않을 테지요. 자신의 이야기를 듣는 데 성의가 없다고 생각할 것입니다.

세나는 생일 때 친구로부터 받은 머리핀을 잊어버렸습니다. 그래서 몹시 기분이 상해 있습니다. 평소 친한 친구에게 그 이야기를 했습니다. 그러자 그 친구는 기분 좋은 일이라도 있는지 연신 싱글벙글 미소만 짓는 것이었습니다. 세나가 이야기를 해도 듣는 둥 마는 둥 반응이 건성이었습니다. 세나는 마음속으로 은근히 화가 치밀었습니다. '뭐야? 누구는 짜증 나죽겠는데.' 참다못한 세나는 화를 내며 "너 지금 나 약 올리는 거야? 뭐야?" 하고 말했습니다. 친구는 눈이 휘둥그레져서 "왜, 왜 그래? 갑자기." 하고 대꾸할 뿐이었습니다. 그 친구는 세나가 왜 화가 났는지 몰랐기 때문입니다.

친구는 세나가 처한 입장을 헤아려보지 않았습니다. 때문에 현재 세나가 어떤 감정인지 알 수 없었지요. 만일 친구가 세나가 머리핀을 잃어버려 몹시 기분이 상해있다는 것을 알았다면 절대 싱글벙글 웃지 않을 겁니다. 하다못해 슬픈 표정이라도 지었을 테지요.

성적표를 받아든 소희는 성적이 부쩍 올라 기분이 날아갈 듯 좋았습니다. 그래서 얼굴에는 미소가 한가득 번져 있었지요. 오늘 집에 가서 부모님께 이 기쁜 소식을 어떻게 말씀드릴까 상상했습니다. 그때 우울한 표정을 짓고 있는 혜진이가 보였습니다. 마치 금세라도 눈물을 뚝뚝 떨어뜨릴 것 같았습니다. 소희는 다가가 "왜 그래? 괜찮아?" 하고 물었습니다.

그러나 혜진이는 아무런 말도 하지 않았습니다. 소희가 거듭 말을 건네자 그제야 잔뜩 슬픔이 배인 목소리로 "성적 또 떨어졌어." 하고 말했습니다. 그 순간 소희는 마음속으로 '휴우~ 다행이다!' 하고 생각했습니다. 왠지 모르게 혜진이의 말을 들으니 위안이 되었기 때문입니다. 그러나 소희는 기쁜 마음을 가라앉히고 혜진이의 입장을 헤아려보았습니다. '만일 내가 혜진이라면 어떤 마음일까?' 그러자 어느 정도 혜진이의 마음을 이해할 수 있을 것 같았습니다.

그래도 넌 항상
5등 안에 들었잖아.
난 그런 니가 부러웠어. 그러니
성적이 조금 떨어졌다고
너무 상심하지마.

그런 말을 해주니
마음이 편안해져.
고마워 친구야.

소희가 부드럽게 말했습니다.

"그럴 수도 있지, 뭐. 힘내."

"정말 열심히 했는데…… 정말 속상해."

"그래도 항상 5등 안에 들었잖아."

"……."

"그때마다 얼마나 부러웠는데."

"그랬어?"

"응."

그제야 혜진이는 우울했던 마음이 풀리기 시작했습니다. 자신을 이해해주는 소희의 말에 위안이 되었기 때문입니다.

말을 할 때나 들을 때 내 기분만 생각하지 말아야 합니다. 상대방의 기분을 생각해 말하고 들을 수 있어야 합니다. 그래야 상대방의 기분을 거스르지 않을 뿐 아니라 원만한 대화를 할 수 있답니다.

말을 잘하는 사람은 대부분 배려심이 깊은 사람들이랍니다. 상대방의 입장에서 들어주고 말하기 때문에 언제나 좋은 사람으로 기억되지요. 그러다 보니 자연히 상대방은 말을 잘하는 사람으로 기억하게 된답니다.

07 부드러운 시선으로 바라보기

우리는 상대방과 친해지기 위해 대화를 합니다. 대화를 하다 보면 그동안 까맣게 모르고 있었던 부분까지 알게 되지요. 그리하여 '아, 그래서 그랬구나.' '그땐 정말 힘들었을 거야.' 하고 상대방의 입장을 이해하게 됩니다.

그런데 말을 할 때 딱딱한 표정을 지으면 어떨까요? 또는 잔뜩 화가 난 듯 찌푸린 얼굴로 말을 하면 어떨까요? 분명 상대방의 마음은 편하지 않을 겁니다. 어쩌면 '나랑 이야기하는 게 싫은가 보네.' 하고 오해할지도 모르지요.

말을 할 때는 되도록 부드러운 표정을 짓는 게 좋답니다. 이때 시선도 부드럽게 해서 상대방이 거부감을 일으키지 않도록 해야 합니다. 그래야 상대방이 눈을 바라볼 때 안정감을 얻는답니다.

혹 친구들 중에는 말을 할 때 상대방의 눈이 아닌 코나 입술 등을 바라보는 경우도 있지요. 이런 태도는 결코 옳지 못하답니다. 자칫 상대방이 자신의 이야기에 흥미가 없거나 지루해한다고 오해할 수도 있기 때문입니다.

눈은 마음의 창입니다. 상대방의 눈을 들여다보면 그 사람의 진심을 알 수 있답니다. 이 사람이 나를 속이려는지, 진심으로 나를 위하는지 알 수 있지요. 그래서 "눈을 보면 그 사람을 알 수 있다"는 말이 생겨났을 테지요.

이렇게 질문하는 친구도 있을 겁니다.

"눈이 작거나 안 예쁘면 어떡하나요?"

사실 사람에 따라 눈이 크고 예쁠 수도 있고 그렇지 않을 수도 있습니다. 하지만 중요한 것은 눈의 생김새가 아니라 그 눈에서 느껴지는 감정이랍니다. 어떤 사람의 눈은 차갑게 느껴지기도 하고 또 다른 사람의 눈은 따뜻하고 정감이 느껴지기도 하지요. 차가운 느낌이 드는 눈은 상대방에게 긴장감을 주어 편안한 대화를 할 수 없게 만든답니다. 이런 사람과 함께 얘기한다면 마치 가시방석에 앉아 있는 것과 같을 겁니다.

반면, 시선이 따뜻하고 정감이 가는 사람은 비교적 다가가기 편한 사람이라고 할 수 있습니다. 인간미까지 느껴져 상대방은 자신도 모르게 마음의 문을 열게 되지요. 그리하여 마음속 깊은 얘기까지 하게 되고 금세 친한 사이로까지 발전할 수 있답니다. 그래서 이런 사람의 주위에는 친구들이 많은 거랍니다.

종종 이런 얘기를 들었을 겁니다.

"저 사람은 눈매가 날카로워." "인상이 참 편안하고 정감이 가." "눈을 보니 악의가 없는 것 같은데."

부드러운 얼굴 표정과 마찬가지로 부드러운 시선은 상대방에게 호감을 사게 합니다. 다시 만나고 싶은 마음이 들게 하지요. 때문에 말을 할 때 어떤 시선으로 상대방을 바라봐

야 하는지가 중요하답니다.

자, 지금 당장 거울 앞에 서서 자신의 눈을 찬찬히 들여다 보세요. 눈이 부드럽게 혹은 따뜻하게 보일 때까지 시선 연습을 해보세요. 그러면 머지않아 주위 친구들에게 가장 편안한 사람으로 기억될 겁니다.

08 상대방을 도우려는 태도로 들어라

가끔 뜻하지 않게 어려운 일에 처하기도 합니다. 그때 누군가 나서서 도와준다면 더없이 고마울 테지요. 그러나 가만히 있는데 누군가 나서서 도와주지 않는답니다. 먼저 가족이나 친구에게 내가 처한 상황을 설명해야 도움을 받을 수 있습니다.

그런데 내가 처한 상황을 이야기하는데 상대방이 건성으로 듣는다면 기분이 어떨까요? 분명 기분이 상할 테고 급기야 화가 날 겁니다. 나는 다급한데 상대방은 별로 중요한 일이 아니라는 듯 느긋하게 생각하고 있는 것 같으니까요. 그리고 앞으로 이런 사람과는 절대 상종을 하지 않게 되겠지요.

말을 들을 때는 그냥 생각 없이 듣지 말고 상대방을 도우려는 태도로 들어야 합니다. 그러기 위해선 상대방이 처한 입장을 이해할 수 있어야 하지요. 예를 들어 친구가 지갑을 잃어버렸다면 '만일 내가 지갑을 잃어버렸다면 어떤 마음일까?' 하고 먼저 생각을 해보는 겁니다. 친구와 싸우다 선생님에게 혼이 난 친구의 이야기를 들을 때도 그 친구의 입장에서 생각해보아야 합니다. 그래야만 그 친구를 돕고 싶은 마음이 생기기 때문이지요.

세라가 화장실에 다녀와 보니 새로 산 샤프가 없어졌습니다. 책상 속이며 가방 속까지 찾아보았지만 보이지 않았습니다. 이 샤프는 세라에게 특별한 물건이었습니다. 이모가 파리 여행 때 사다준 것이기 때문입니다.

"누가 가져간 거야? 잡히기만 해봐!"

세라가 속상해하고 있을 때 숙영이가 다가왔습니다.

"너 무슨 일 있어? 표정이 왜 그래?"

"……."

대꾸가 없자 숙영이는 다시 물었습니다. 그러자 세라는 샤프를 잃어버렸다고 말했습니다.

그리고 그 샤프가 자신에게 얼마나 소중한지 말해주었습니다. 하지만 숙영이는 별 관심이 없다는 듯 건성으로 대답했습니다.

"새로 하나 사면되지."

"이모가 파리에서 사다주셨단 말야."

"샤프가 그게 그거지 뭐."

"뭐야? 지금 누구 약 올리는 거야?"

세라는 숙영이 때문에 화가 더 났습니다. 그래서 잃어버린 샤프보다 남의 처지는 생각도 않고 함부로 말하는 숙영이가 더 미웠습니다.

'너를 친구로 생각한 내가 한심해!'

친구가 어려운 일에 처했다면 친구를 도우려는 태도로 들어보세요. 그리고 종종 친구의 말이 끝날 때 "이런!" "어쩌면 좋니?" "뭐 좋은 방법 없을까?" "아마 잘 될 거야." 하고 이해하는 말을 해보세요. 그러면 친구의 답답한 마음이 조금이나마 풀릴 테니까요.

어떤 태도로 친구의 이야기를 듣느냐에 따라 더 돈독한 사이가 될 수도 있고 그 반대가 될 수도 있습니다. 진심으로 축하해주거나 안타까워하는 심정으로 이야기를 들어주세요. 그러면 친구는 자신을 이해해주는 여러분이 있다는 것만으로도 큰 위안이 얻을 겁니다.